Intrigues

sur la Côte d'Azur

Nathalie Michau

Intrigues sur la Côte d'Azur

Une Enquête d'Emma Latour

Roman à suspense

© 2023 July pour la couverture
© 2023 Nathalie MICHAU
Édition : BoD — Books on Demand, info@bod.fr
Impression : BoD — Books on Demand, In de Tarpen 42, Norderstedt (Allemagne)
Impression à la demande
ISBN : 978-2-3224-0926-6
Dépôt légal : mai 2023

Sur l'auteure

Intrigues sur la Côte d'Azur est le sixième roman à suspense de Nathalie Michau après *Secrets de Famille* (2004), *Répétition* (2006), *Apparences Trompeuses* (2013), *Une Rue si Tranquille* (2021) et *Meurtre à Dancé* (2022).

Intrigues sur la Côte d'Azur est le troisième tome de la série *Une enquête d'Emma Latour* après *Meurtre à Dancé*, puis *Une Rue si Tranquille*.

Nathalie Michau a également écrit des nouvelles historiques avec *Les Grandes Affaires Criminelles des Yvelines* (2007) et, en collaboration avec Sylvain Larue, *Les Grandes Affaires Criminelles de l'Essonne* (2011).

Enfin, elle a publié des albums pour enfants (3-6 ans) avec *Petite Lapinette est à l'heure à l'école* (2013) et *Petite Lapinette part en vacances* (2014). Ces albums sont illustrés par Isabelle Vallet.

*À mes deux amours, Julie et Gérald,
qui supportent avec beaucoup
de courage et d'abnégation
la romancière que je suis,*

À ceux qui croient en moi,

*À mes lecteurs avec qui
j'ai tant de plaisir
à partager mes écrits.*

Nota Bene : Tous les éléments de ce roman sont fictifs. Je me suis inspirée de lieux et d'éléments scientifiques, juridiques ou géographiques existants, mais j'ai pris de nombreuses libertés. Aucun évènement ou personnage n'est réel. Toutes les erreurs ou approximations sont de mon fait.

Prologue

Biot

Il n'eut pas le temps de réaliser qu'il allait mourir.

Il était allongé sur une chaise longue sur la terrasse de la piscine. La nuit venait de tomber. Le jardin était éclairé, l'eau toute bleue et les grands arbres mis en valeur par des projecteurs savamment disposés.

Il était content d'être là, tout seul. Son équipe n'investirait les lieux que le lendemain matin. Il avait la nuit pour lui. Il souhaitait finaliser les différentes séquences qu'il voulait filmer le lendemain sans être dérangé par l'effervescence de l'équipe de tournage.

Il se leva pour récupérer une bouteille de rosé qu'il avait déposée dans le réfrigérateur en arrivant. Il se servit un verre et savoura une gorgée de Chateau Roubine. Le vin était délicieux.

Les cigales venaient de s'arrêter de chanter. La température fraîchissait. Elles allaient se reposer pour la nuit. Il entendit une branche se casser, puis à nouveau un bruit. Un animal sans doute. La forêt commençait juste derrière le mur de la maison. Le propriétaire des lieux lui avait parlé des bêtes qui vivaient dans les bois : sangliers, renards et autres animaux exotiques pour lui, citadin depuis toujours, installé à Montigny-le-Bretonneux, dans le sud-ouest de la région parisienne. Il éteignit la lumière pour ne pas se faire dévorer par les moustiques et revint lentement vers son transat. Il se sentait en paix, tout était calme.

Il n'arriva jamais à destination. Il reçut un coup violent à l'arrière du crâne. Il tenta de se retourner pour voir son agresseur et se défendre, mais la douleur était trop forte et il ne fut pas assez rapide. Un deuxième coup l'atteignit encore plus fort à la tempe et l'acheva. Il s'écroula sans connaissance sur le sol. Le troisième coup lui brisa le cou et le tua net.

1

1er jour

J'étais ravie de ces vacances. Je les attendais avec impatience depuis plusieurs semaines. J'étais fatiguée et exaspérée. Mes recherches archéologiques n'avançaient pas pour des raisons administratives alors que j'avais été appelée sur un chantier de fouilles préventives, qui se tenait donc sur une très courte durée. Nous avions juste le temps de sauvegarder les artefacts les plus beaux et surtout les situer dans leur contexte, avant que des travaux sur une nouvelle infrastructure routière à côté de Versailles ne débutent et ne détruisent le site à tout jamais. Ces jours perdus pour des problèmes de paperasse me frustraient terriblement et l'apothéose avait été atteinte quand pour d'obscures raisons de sécurité, le chantier avait été fermé pour quelques semaines.

Éric Massarina, le bel homme brun avec de magnifiques yeux bleus et un sourire charmeur dont je m'étais entichée depuis un moment déjà, m'avait alors proposé de partir avec Noémie, sa fille, quinze jours chez ses parents qui avaient acheté, quelques mois auparavant, une très belle maison dans les Alpes-Maritimes, à Roquefort-les-Pins, dans l'arrière-pays cannois. J'étais contente qu'il accepte de laisser *Cybermaker*, sa société de cybersécurité, quelques jours, même si je savais qu'il consulterait sa messagerie, de manière compulsive, sur place.

J'hésitai un quart de seconde, avant d'accepter. Le temps dans la région parisienne en ce début du mois de juillet était digne d'un mois de novembre, le soleil du Sud me faisait de l'œil.

J'avais des rapports de chantier en retard, de la documentation à lire sur les ossements d'animaux et la vaisselle au haut Moyen Âge. Au départ, consciencieuse, je les rangeai dans mon sac avec mon ordinateur. Après un instant de réflexion, je les retirai. J'allais m'offrir une vraie pause. Cela faisait plusieurs mois que nous n'étions pas partis, je pouvais me le permettre.

Je voulais également réfléchir à un projet qui me tenait à cœur et sur lequel je n'arrivais pas à m'atteler : l'écriture. J'avais en tête de créer des romans historiques qui se situeraient au haut Moyen Âge,[1] ma période de prédilection. Je ne savais pas encore quel type d'histoire j'allais raconter — peut-être des intrigues policières ? — et je devais me donner du temps pour y réfléchir. Cette période y serait propice si je ne cédais pas à la sieste, à la piscine, aux parties de pétanque et à l'apéro à longueur de journée.

Nous avions en effet été bien occupés dans les précédents mois. Avec Éric, nous avions vécu des moments très stressants lorsque mon voisin, Bernard Morin, avait disparu.[2] Notre relation était sortie renforcée après ces évènements très éprouvants et j'avais accepté avec plaisir de renoncer à mon autonomie et ma liberté pour vivre avec lui et sa fille. J'avais donc déménagé de ma maison de Suresnes pour m'installer chez lui, dans son appartement de Saint-Cloud, en région parisienne.

Il avait fallu que je mette une partie de mes affaires dans un garde-meuble et qu'on achète une grande bibliothèque pour y mettre tous mes livres qu'ils soient consacrés à l'archéologie ou pas. Quand Éric avait vu tous les cartons de livres s'entasser dans sa chambre d'amis et que je lui avais

---
1. De 500 à 1000 ans apr. J.-C.
2. Cf. Une rue si tranquille de Nathalie Michau

expliqué qu'ils ne pouvaient pas aller dans un espace de stockage extérieur à l'endroit où je vivais, il avait eu un choc. Il n'avait a priori jamais imaginé qu'un particulier puisse stocker autant de livres. Il fit néanmoins bonne figure, comprenant que s'il voulait vivre avec moi, il devait aussi prendre les livres avec et nous avons finalement réussi à les ranger quelque part. Il avait fallu aussi que je trouve un nouvel équilibre en apprenant à fonctionner une semaine sur deux avec sa fille Noémie qui m'avait parfaitement acceptée depuis le début de ma relation avec Éric.

2

Dès notre sortie de l'aéroport, un sourire illumina mon visage. La chaleur et le beau temps tranchaient de manière incongrue avec la météo pluvieuse et maussade de Paris. Une dizaine de degrés d'écart, une folle envie de mettre mes lunettes de soleil et d'enlever mon pull me firent comprendre que, même si nous étions toujours en France, ici existait un autre climat propice aux vacances.

Nous allions voir pendant tout notre séjour, Pierre Cousin, un ami qu'Éric avait connu lorsqu'il était en école d'ingénieur à Paris. Pierre était originaire de la région et avait poursuivi ses études à Paris après le bac. D'après ce que m'avait raconté succinctement Éric, il avait travaillé quelque temps en région parisienne avant de revenir vivre dans le coin, il y a quelques années. Je ne l'avais jamais rencontré auparavant. J'aurais le temps d'en savoir plus sur lui pendant notre séjour. Il nous avait conseillé d'aller nous promener sur les bords de la Brague pour notre premier jour. Cette balade, le long d'une petite rivière, était, d'après lui, magnifique. Mais avant cela, suivant ses indications, nous sommes allés déjeuner sur la petite terrasse du restaurant *Aux Trois Sens* situé à Valbonne. Nous n'avions pas regretté notre choix, car comme nous l'avait annoncé Pierre qui nous avait réservé notre table, l'accueil de Mélanie et Damien fut chaleureux, la nourriture excellente et les desserts à se damner.

Lorsque je vis la maison des parents d'Éric en fin d'après-midi, elle me parut encore plus belle que sur les photos et la vidéo qu'ils nous avaient envoyées. Ils s'étaient entichés d'un authentique mas provençal parfaitement restauré dans le respect de l'architecture d'origine. Ils nous firent un accueil enthousiaste. Ils n'étaient pas originaires d'Italie pour rien. Sa mère, Gabriella, était petite, brune avec des cheveux noirs au carré et de beaux yeux marron. Son mari était grand, très mince, n'avait presque plus de cheveux et des yeux verts.

Comme ils nous l'expliquèrent, ils ne regrettaient pas un instant d'avoir quitté la région parisienne. Cela faisait des années qu'ils souhaitaient se rapprocher de leur famille en Toscane tout en restant en France. La Côte d'Azur semblait être un bon compromis. Cette situation nous convenait parfaitement. Ils vivaient dans un endroit paradisiaque à une heure trente de Paris, il était difficile de ne pas trouver cela merveilleux !

Aucun doute n'était permis, nous étions les bienvenus ! Éric et Noémie leur manquaient beaucoup. Ils se voyaient très souvent auparavant. Ils vivaient à quelques kilomètres les uns des autres.

Cela faisait maintenant deux mois qu'ils ne s'étaient pas croisés et c'était la première fois qu'Éric et sa fille découvraient leur nouvelle maison.

Une belle surprise nous attendait. Comme nous l'apprit la mère d'Éric, Gabriella, un chat avait décidé de les adopter. Avec de beaux poils tigrés, de grands yeux et une petite frimousse attendrissante, il s'était présenté à la porte-fenêtre de la cuisine qui était ouverte et avait miaulé. Cela faisait alors une bonne semaine qu'ils avaient déménagé. Gabriella lui avait donné un peu de jambon et une gamelle d'eau. Le chat n'avait pas de collier. Ce jeune chat était revenu tous les jours suivants. Angelo, le père d'Éric, l'avait amené chez le vétérinaire qui avait expliqué qu'il s'agissait d'une chatte et non d'un chat castré, qu'elle n'était pas pucée ou tatouée et qu'elle était jeune, moins d'un an. Les parents d'Éric avaient alors décidé de l'adopter.

La petite merveille fut appelée Câline tant elle aimait se faire caresser. Elle devint immédiatement ma copine.

Les repas étaient des moments de convivialité très importants pour les Massarina. Nous n'étions pas en Italie, mais c'était comme si ! Nous avons mangé la pasta ! Angelo nous ouvrit une bonne bouteille de Montepulciano d'Abruzzo. Sa mère nous promit pour le lendemain soir des pizzas faites maison, ce qui était l'unique façon dont la famille, d'origine toscane, envisageait de les manger. Les parents d'Éric avaient quitté l'Italie, enfants, après la Seconde Guerre mondiale, mais ils avaient amené l'Italie avec eux. Les deux familles venaient du même village de Toscane. Les deux amis d'enfance s'étaient mariés tout naturellement et s'entendaient à merveille. Un exemple à suivre dans cette époque où l'on divorçait si facilement.

Les vacances se présentaient donc pour le mieux. Nous allions nous promener, nous faire dorloter et prendre du poids en mangeant italien et en buvant sec. Le bonheur, quoi !

Dès le lendemain soir, Pierre, avec qui nous allions passer la journée, logerait avec nous pour plusieurs jours, car d'après ce que j'avais compris, sa maison avait été louée. D'après Éric, cela annonçait des soirées mémorables.

Noémie, de son côté, allait pouvoir profiter de ses grands-parents. Nous savions que nous n'allions pas beaucoup la voir, mais nous n'imaginions pas à quel point. J'avais senti qu'il se passait quelque chose, car Noémie et sa grand-mère n'arrêtaient pas de faire des messes basses.

J'eus la réponse à mes interrogations à l'apéritif quand Gabriella prit la parole :

— Après avoir discuté avec Noémie cet après-midi, nous avons décidé de vous laisser la maison et de partir avec elle dès demain après-midi en Toscane pour qu'elle apprenne à mieux connaître la branche italienne de sa prolifique famille.

Si Éric fut surpris, il n'en montra rien. Il paraissait ravi de voir à quel point ce voyage impromptu semblait faire plaisir à sa fille. Gabriella continua :

— Si vous pouviez nous rejoindre là-bas quelques jours à la fin de notre séjour avant de rentrer dans la région parisienne, cela ferait plaisir à tout le monde et nous permettrait de vous voir un peu.

Je réalisai que nous allions avoir la maison juste pour nous et Pierre. On ne pouvait pas rêver mieux comme vacances !

Angelo nous avoua que ce voyage était programmé depuis longtemps, avant même que nous annoncions notre venue, mais qu'ils voulaient être sûrs que Noémie serait partante avant de le faire. Ils avaient eu Noémie au téléphone quand elle était chez sa mère et ils avaient tout manigancé et voulaient nous faire la surprise.

Gabriella ajouta une précision de poids en prenant Câline dans ses bras :

— Je compte sur vous pour prendre soin de cette beauté.

3

2e jour

Le lendemain matin, Câline vint me tirer du sommeil avec des ronronnements incroyables. Le réveil fut particulièrement douloureux. La soirée s'était terminée tard et avait été joyeuse et bien arrosée. J'étais en train de relâcher toute la pression de ces derniers mois et je n'avais qu'une envie : dormir pour recharger mes batteries. Voyant que je ne m'occupais pas d'elle, elle se mit à manger mes cheveux. Elle avait l'air d'apprécier particulièrement le fait qu'ils soient longs. Je me fis donc violence. Notre programme du jour n'était pas consacré à des moments de farniente, mais à la randonnée. Nous devions retrouver Pierre chez lui avant de partir tous les trois ensemble pour nous promener. Nous voulions découvrir les paysages de la région. Éric et moi avions besoin tous les deux de nous ressourcer et Pierre nous avait promis de belles marches dans l'arrière-pays que ce soit à l'étang de FontMerle, au camp romain du Rouret, sur le plateau de Caussols ou à l'observatoire de Calern, autant de destinations aux noms enchanteurs.

De son côté, Noémie avait préféré rester tranquillement chez ses grands-parents pour son dernier jour avant son départ. Je ne voulus pas faire de peine à Éric, mais ce n'était pas uniquement par amour pour ses grands-parents que l'adolescente ne venait pas avec nous, mais aussi parce qu'elle n'avait aucune envie de crapahuter et que la piscine lui faisait de l'œil. Je pensai alors, je l'avoue, que ces idées de marches régulières sur des pistes caillouteuses à fort dénivelé n'étaient pas forcément compatibles avec le côté reposant que j'imaginais de mon séjour.

Nous devions passer chez Pierre relativement tôt. En effet, sa maison était louée pour quelques semaines pour un tournage de film et il ne pouvait plus vivre chez lui pendant ce temps-là. Cela faisait une semaine que l'équipe du film installait le matériel et préparait les décors. Le réalisateur était sur place depuis la veille. Pierre avait un accès libre à sa maison et pouvait ainsi nous la montrer, il en était très fier.

CE QU'EN PENSENT LES BOOKSTAGRAMMEUSES :

« *Une intrigue très intéressante dévorée en quelques heures. J'ai réussi à me plonger très facilement dans l'histoire qui tient en haleine. C'est toujours un plaisir de suivre les aventures et les enquêtes menées par notre héroïne à laquelle je m'identifie beaucoup...* » @lespalsdemousquetaire11

« *J'ai adoré retrouver Emma dans cette aventure. Emma, ce personnage touchant, fort, curieux. Une intrigue parfaitement maîtrisée, au style totalement addictif, des personnages très attachants, sur fond d'air de vacances. Une lecture parfaite, qu'on ne peut pas abandonner avant la fin !* » @damex_lectures

« *Une intrigue bien menée. Tout est réuni pour passer un bon moment. J'ai retrouvé Emma avec grand plaisir. C'est intelligemment mené, tout est loin d'être aussi simple que ça en a l'air. Le style est dynamique et efficace. L'intrigue est tout à fait plausible, travaillée et maîtrisée.* » @Coetseslivres

« *L'intrigue se révèle plus complexe qu'il n'y paraît. Je me suis posé des questions tout du long pour savoir qui pouvait être derrière tout ça. Certaines fois, j'avais vu juste et, d'autres fois pas du tout ! Un moment agréable et intrigant. Un livre travaillé et complet.* » @histoiresenchantees

« *Une enquête qui nous fait voyager, avec du suspense. Emma me donne à chaque fois envie de résoudre le meurtre avec elle. Je vous recommande ce roman à 100 %, rien de mieux pour passer un bon moment. Avec les beaux jours qui s'annoncent, vous ne serez pas déçu.* » @mes.petites.lectures.du.moment

4

Nous nous sommes donc retrouvés avant huit heures à Biot dans le quartier du Bois Fleuri devant le portail d'une propriété de la rue des tourterelles. Je pus enfin rencontrer l'ami d'enfance dont Éric m'avait tant parlé. Ils ne s'étaient pas vus depuis plusieurs années même s'ils avaient gardé le contact en s'appelant régulièrement et Éric était impatient de passer plusieurs jours avec lui. Ses parents le connaissaient très bien et c'est pour cette raison qu'il logerait avec nous à compter de ce soir jusqu'à la fin du tournage dans quinze jours, profitant de notre venue. La semaine précédente, il avait squatté chez Sylvie Dufour, une copine de lycée de sa sœur avec qui il faisait de la plongée. J'avoue n'avoir pas très bien compris le type de relation qu'il entretenait avec elle.

À côté d'Éric, Pierre faisait petit, mais je savais que ce n'était qu'un effet d'optique. Lorsque je me comparai à lui, je vis qu'il était un peu plus grand que moi. Il était de taille moyenne, entre 1,70 m et 1,80 m. Plutôt beau gosse, bien bronzé, cheveux noirs taillés en brosse, yeux bleus, polo, bermuda. A priori, complètement acclimaté à la région. Les filles devaient se bousculer au portillon. Il nous attendait au portail. Après de rapides salutations, je me dirigeai vers une très belle maison provençale de plain-pied avec son toit en tuiles, son préau, sa piscine, son grand jardin donnant sur la forêt… Je crois que c'est en la voyant que je me dis qu'il fallait que nous venions nous installer dans le Sud. La région parisienne me sembla tout à coup dénuée de tout intérêt. Qu'est-ce que je faisais là-bas ? J'oubliai un instant que j'y travaillais, que mes amis et mes parents y vivaient et qu'Éric y avait son entreprise.

Je me ressaisis et laissai les garçons prendre de l'avance afin qu'ils puissent se retrouver tranquillement. J'étais en train de contempler des oliviers et de m'interroger sur la nature des fleurs qui poussaient à côté (étaient-ce des agapanthes ?), quand j'entendis Pierre hurler, puis Éric pousser un énorme juron d'une voix paniquée. Éric étant quelqu'un de très calme, on pouvait même dire placide, et qui, surtout et contrairement à moi, ne jurait jamais, je me mis immédiatement à courir vers leur direction pressentant le pire.

Je compris vite ce qui les avait fait tant réagir. Moi aussi je poussai un cri d'effroi. Un corps sans vie flottait dans la piscine…

5

Je me rapprochai de la piscine redoutant ce que j'allais découvrir. Mon cœur battait à toute vitesse. Allais-je faire un malaise ? J'hésitai entre perdre connaissance ou m'effondrer en vomissant sur la magnifique terrasse en pierre de notre ami. Je pris une profonde inspiration pour reprendre mes esprits. J'avais peine à croire ce que je voyais. L'horreur. Les lumières du jardin et de la piscine étaient toujours allumées. Un homme flottait, les bras ouverts, la tête vers le bas. Il était habillé d'un jean et d'une chemise orange pâle. Une tenue inadéquate pour aller nager d'après moi. Il n'avait donc pas fait un malaise en se baignant. Aucun doute : il était mort. Des morts, j'en voyais tous les jours, je savais ce que c'était, mais c'était quand même autre chose d'en voir un qui n'était pas réduit à l'état de squelette.

Éric et Pierre étaient également bien secoués. Pierre me regarda d'un air paniqué.

— On est censés faire quoi ? On retire le corps de l'eau ?

Je le regardai, surprise. Il n'avait jamais vu de série policière ou lu un Agatha Christie ?

— Non, surtout on ne touche à rien. On prévient la police tout de suite.

Pierre se ressaisit :

— Oui. Bien sûr. Tu as raison. Ici, c'est la gendarmerie de Valbonne qui intervient. Je les appelle tout de suite.

Je montrai le cadavre du doigt.

— Tu connais cette personne ?

— Oui, c'est le réalisateur du film qui devait se tourner ici. Je l'ai vu hier en fin de journée.

Éric regarda Pierre :

— Je vais aller au portail ! Il faut empêcher les gens du tournage, qui vont bientôt arriver, de rentrer.

En attendant les forces de l'ordre, je pris le temps de regarder les lieux. Il m'apparut probable que la mort ne soit pas due à un malaise ou un accident. À côté d'une chaise longue renversée, un verre était cassé. Il y avait eu une lutte ou quelqu'un était tombé. La victime n'était pas seule quand elle avait atterri dans l'eau, on l'avait aidée. J'allai tout de suite voir Pierre.

— Tu as des caméras de surveillance ? Une alarme ?

— Non, je ne suis pas là depuis longtemps. Cela fait partie des choses dont je dois m'occuper, mais je n'ai pas pris le temps de le faire. Quelle erreur ! Au moins, on aurait pu vite comprendre ce qui s'était passé.

Les gendarmes arrivèrent rapidement dans deux voitures. Je ne sais pas ce que Pierre leur avait dit, mais cela avait produit son effet. Ils étaient cinq. Notre ami parut soulagé en voyant descendre d'un des véhicules un homme qu'il semblait bien connaître. Mon impression se confirma quelques secondes plus tard. Tous les deux se firent une accolade. Le lieutenant Rémi Pascouand, crâne rasé, bronzé, très musclé, yeux marron, avec un sourire incroyable, se présenta rapidement en me voyant, puis eut un air étonné qui se transforma en clin d'œil à Éric qui écarquilla les yeux et le salua.

— Et bien Éric ! Ça fait un moment qu'on ne s'est pas vus ! Tu es en vacances dans le coin ?

Éric lui sourit :

— Oui, chez mes parents à Roquefort-les-Pins. Viens à la maison quand tu auras fini ta journée, Pierre loge chez nous à partir de ce soir.

— Avec plaisir.

Sans perdre davantage de temps, il rentra dans le vif du sujet.

— Alors qu'est-ce qui se passe ici ?

Pierre lui fit signe de le suivre vers la piscine.

— Viens voir ma piscine.

Rémi Pascouand sut immédiatement pourquoi il avait été appelé sur les lieux. Il laissa un collègue prendre des photos du cadavre afin que sa position dans l'eau soit enregistrée avant qu'on le sorte, et pendant ce temps-là, appela le légiste.

Rémi, je l'appris un peu plus tard, était un copain avec qui Éric et Pierre passaient leurs vacances dans la région lorsqu'ils étaient en école d'ingénieurs — le monde est petit ! Ce fut lui qui nous interrogea. À quelle heure étions-nous arrivés ? 7 h 50. Est-ce que nous avions vu quelque chose de suspect ? Non. Est-ce qu'on avait touché à quelque chose ? Non.

— Connaissez-vous le mort ?

— Oui, répondit Pierre. C'est le réalisateur du film qui doit se tourner dans la maison. Enfin… devait se tourner…

— Il y a en effet des chances pour que l'on puisse parler de tout cela au passé. Ta maison servait de décor ?

— Oui. D'ailleurs, l'équipe de tournage devrait arriver d'un moment à l'autre.

Florian Pasconi, un gendarme, se présenta sur ces entrefaites.

— Il y a du monde au portail qui attend.

— Hors de question qu'ils rentrent tant que le légiste et la police scientifique ne sont pas venus sur les lieux.

Il hésita.

— Y'a un chef en bas ? Le régisseur ? Le producteur ? Le chef opérateur ?

— Je vais demander.

— Fais en monter un.

Florian n'insista pas sachant que cela ne servirait à rien. Il se demanda juste si son chef réalisait le niveau de bazar qui régnait dans la rue.

Des camions étaient garés tout le long de l'allée avec des projecteurs, des caméras, des treuils, des tentes, de quoi faire des en-cas, des perches, des écrans… et il n'y avait pas toute l'équipe puisqu'une partie des camions étaient stationnés, à quelques centaines de mètres de là, boulevard de la source, où les loges, la cantine… étaient en cours d'installation.

Les gens étaient sortis de leurs véhicules et certains s'étaient amassés devant le portail gardé par un agent de la police municipale, d'autres étaient partis manger quelque chose à la cantine, quelques-uns s'étaient éloignés un peu plus loin, sans compter ceux qui continuaient à décharger, à parler au téléphone, à taper sur leur portable, à dormir affalés sur les sièges de voiture ou même dans un hamac installé dans l'un des camions.

Heureusement pour Florian, le régisseur, Dominique Etchebar, un Basque, ancien joueur de rugby, la cinquantaine bien tassée, baroudeur qui pensait avoir tout vu sur les tournages, était bien sur place. Dès son arrivée, il avait immédiatement compris que quelque chose de grave s'était produit dans la villa. Il savait que le réalisateur, Cédric Romand, était là depuis la veille, car ils s'étaient vus tous les deux sur place vers 18 heures.

Ils avaient d'abord fait le tour des lieux en discutant avec les dernières personnes encore présentes responsables de l'installation des décors, le gros de cette équipe étant déjà partie sur le prochain lieu de tournage. Les décors étaient très beaux, le film se déroulait au début des années 70, ils avaient donc redécoré la salle à manger, la cuisine et la plus grande des chambres avec des tableaux, lampes, tapis, meubles, canapés de cette époque. Les décorateurs avaient même été jusqu'à changer les poignées de porte et les interrupteurs afin d'éviter tout anachronisme.

Ayant constaté que tout était conforme à leurs attentes, une fois tout le monde parti, les deux hommes avaient pris le temps de boire une bière. Ils avaient déjà travaillé plusieurs fois ensemble. Ils se connaissaient bien et s'estimaient.

Dominique était reparti une heure plus tard. À sa connaissance, il n'y avait personne d'autre dans la maison après son départ, les gardiens en charge de la surveillance des lieux, n'arriveraient que le lendemain avec le matériel de l'équipe de tournage.

Bloqué devant le portail, Dominique imagina que ce dernier s'était blessé ou avait fait un malaise. Il était très inquiet même s'il ne le montrait pas. Il s'adressa directement à Florian en lui expliquant qui il était. Florian, soulagé de ne pas avoir à chercher un responsable au milieu de toute cette désorganisation — les voisins ne pouvaient même plus passer, sans parler du camion des éboueurs qui avait fait demi-tour — le fit entrer tout de suite dans la propriété et l'amena devant Rémi qui l'attendait à l'écart de la piscine.

Lorsque Dominique apprit le décès de Cédric, il ressentit un vrai choc comme un coup de poing dans le ventre. Il eut le souffle coupé et reprit difficilement sa respiration. Son impression de malaise augmenta lorsque Rémi lui apprit que la mort de Cédric avait de grandes chances de ne pas être accidentelle. Il réalisa subitement qu'il était très certainement la dernière personne à l'avoir vu vivant à l'exception du meurtrier bien sûr, ce qui faisait de lui un suspect de taille.

Rémi l'interrogea et reconstitua son emploi du temps de la veille. Après être reparti, le régisseur s'était rendu directement à l'hôtel où il avait passé la soirée avec un cameraman et le metteur en scène. En fonction de l'heure de la mort, il se pouvait qu'il ait un alibi qu'il faudrait vérifier. Malheureusement, il n'avait pas grand-chose d'autre à leur raconter. Il ne connaissait pas d'ennemi à Cédric qui lui semblait avoir une vie très normale.

Rémi ne voulut pas perdre plus de temps. Il conclut leur échange avec la phrase couperet que son interlocuteur devait attendre et redouter.

— Vous comprendrez, bien sûr, que le tournage est arrêté.

— Oui, évidemment.

— Vous habitez dans le coin, n'est-ce pas ? Il faudra rester à notre disposition. Vous ne pourrez pas non plus récupérer vos décors pour le moment.

— Oui, pas de problème.

— Voulez-vous annoncer la nouvelle vous-même à l'équipe ?

6

Même si Dominique n'en avait pas du tout envie, il préférait évidemment annoncer lui-même la mauvaise nouvelle à l'équipe. Ils l'avaient vu partir. Ils voyaient qu'il ne revenait pas. On les empêchait d'entrer dans la propriété. Ils se doutaient bien que quelque chose d'anormal était arrivé.

Il repartit le cœur lourd vers le portail. Une grande partie du jardin était inaccessible, car la police avait délimité un périmètre de sécurité. L'équipe fut rassemblée dans un endroit à l'écart de la piscine où le régisseur put leur apprendre le décès du réalisateur.

Je me mis sur le côté pour voir la scène. Peut-être que le tueur serait présent. Je guettai les réactions des uns et des autres. Rémi vint me rejoindre. J'imagine pour la même raison. Après un instant de stupeur, les questions fusèrent lorsque Dominique précisa :

— Nous allons tous être interrogés afin de connaître notre emploi du temps d'hier soir.

— Pourquoi ?

— Que s'est-il passé ?

— Ce n'est pas un accident ?

— Cédric a été, semble-t-il, assassiné.

La trentaine de personnes présentes s'agita. Une femme poussa un cri, un homme vacilla, une autre se mit à pleurer.

Le régisseur précisa d'une voix pas très assurée.

— Ils n'en sont pas sûrs, mais il y a des indices — que je ne connais pas — qui laisseraient à penser qu'il s'agit bien d'un meurtre. Ils attendent que le légiste fasse ses constatations pour en être certain.

Deux gendarmes s'étaient assis devant une table pliante à l'ombre d'un pin parasol pour les interroger et s'assurer que toutes les personnes intervenant sur le tournage étaient bien présentes et, si ce n'était pas le cas — ce qui avait de grandes chances d'arriver, en particulier avec la dizaine de personnes de l'équipe de la décoration —, de contacter les personnes absentes. Ensuite, dès que l'heure de la mort aurait été établie, il faudrait vérifier les alibis de tout ce beau monde, ils n'étaient pas sortis de l'auberge !

Rémi adorait calculer de tête, il comptait tout : le nombre de sièges dans une salle de cinéma ou au théâtre, le temps pour accomplir une tâche répétitive, une estimation de la note de restaurant quand il y avait douze convives qui avaient mangé des choses différentes. Il était donc en train de calculer précisément le temps que cela prendrait d'auditionner autant de personnes lorsqu'il aperçut la voiture de Richard Leroux, le légiste, remonter l'allée qui menait à la maison. Il poussa un soupir de soulagement. Il espérait qu'il ne s'agissait que d'un accident même si les indices sur place pouvaient laisser présager le pire. Rémi regarda sa grande et longiligne silhouette descendre de sa voiture. Il le mit tout de suite dans le bain.

— Richard, viens voir dans la piscine.

Ce dernier prit le temps d'enlever ses lunettes de soleil pour les remplacer par ses lunettes de vue et d'enfiler une blouse afin de ne pas contaminer la scène.

— Oui, j'ai eu le temps de me renseigner en venant. Il y a un cadavre dedans.

— On l'a laissé dans l'eau sans le déplacer pour que tu puisses l'observer en l'état.

— Tu as bien fait.

Richard observa attentivement le corps. Il flottait sur le ventre. Ses vêtements ne semblaient pas déchirés. Il n'y avait pas de sang dans la piscine, mais si la mort remontait à plusieurs heures et que la filtration fonctionnait, l'eau avait déjà dû être renouvelée. Il demanda alors à ce qu'on sorte le corps de l'eau.

Il prit le temps de l'observer, puis son verdict tomba.

— La mort n'est pas naturelle.

Rémi fit une grimace. Cela signifiait beaucoup de problèmes et de paperasses alors qu'ils étaient en sous-effectif.

— Qu'est-ce qui te fait dire ça ?

— Il a une marque sur l'arrière de la tête et sur la tempe. Il a reçu deux coups très violents. La nuque me semble également abîmée. Je vais faire des analyses précises, mais il n'y a pas de doute, il ne s'est pas fait ça tout seul et sa mort n'est pas naturelle. Il y a de grandes chances qu'il ait été assassiné.

Rémi appela immédiatement le procureur pour qu'il autorise l'autopsie de la victime. Ils devaient connaître la cause du décès au plus vite.

7

Évidemment, nous n'étions pas allés randonner ce jour-là. Les gendarmes nous ont laissé repartir en fin de matinée, le temps que Pierre leur explique qu'il avait acheté cette maison depuis quelques mois et qu'il l'avait louée pour qu'un film y soit tourné. C'était la seconde fois qu'il laissait sa maison pour un tournage. Il avait rencontré Cédric Romand la veille à 17 heures et était reparti vers 17 h 30. Il confirma qu'il n'avait aucun lien avec le réalisateur ou quelqu'un d'autre dans l'équipe du tournage.

Rémi lui expliqua qu'il allait devoir dormir ailleurs le temps que la police scientifique passe au peigne fin la maison pour trouver d'éventuelles traces. Heureusement que les parents d'Éric avaient déménagé dans le coin et pouvaient l'accueillir le temps nécessaire. Aller chez sa mère aurait été une autre possibilité, mais cela ne le faisait pas rêver.

Je n'avais jamais pensé que le réalisateur était mort à la suite d'un malaise. La chaise longue renversée, les éclats de verre au sol, tout montrait qu'il avait été attaqué ou qu'il s'était battu.

Mais, même si les premières conclusions du médecin légiste que nous avions entendues de loin n'avaient rien de surprenant, j'avais du mal à garder mon flegme. Le copain d'Éric était tout pâle. J'étais de tout cœur avec lui. J'imaginais sans aucun effort dans quel état je serais si un meurtre était commis dans ma maison. Je frôlerais l'hystérie. Éric dut arriver à des déductions à peu près similaires aux miennes, car il lui dit :

— On va aller se faire un petit restaurant en bord de mer. Cela ne pourra pas nous faire du mal.

Une demi-heure plus tard, installés tous les trois devant un verre de rosé, les pieds dans le sable, sur la terrasse du *Hélios Plage,* un restaurant du bord de mer de Juan-les-pins, nous étions étrangement silencieux. Voulant nous changer les idées, je levai mon verre.

— Je sais que les circonstances ne s'y prêtent pas vraiment, mais je souhaite lever mon verre à vos retrouvailles et ma rencontre avec toi Pierre.

— Oui, c'est vraiment super qu'on passe plusieurs jours ensemble…

Mais le ton n'y était pas. Éric s'inquiéta :

— Je comprends que tu aies été choqué par ce que tu as vu, on l'a tous été, mais cela n'a vraiment pas l'air d'aller. Qu'est-ce qui se passe ?

— Cela aurait pu m'arriver.

— Quoi ?

— Cela aurait pu être moi, dans la piscine.

Éric le regarda, puis fit de même avec moi, complètement interdit. Se demandait-il si c'était une blague ? J'avais peu de doutes que cela soit le cas, car son ami semblait très mal, mais je ne le connaissais pas. Je pris le relais. Je lui demandai doucement :

— Pourquoi dis-tu cela Pierre ?

— J'ai reçu des menaces de mort, il y a quelque temps. Je n'en ai pas tenu compte et je pensais avoir bien fait puisque je n'ai rien eu, mais cela aurait pu être moi dans la piscine… J'ai été très imprudent.

Éric l'interrompit en criant presque :

— Comment ça tu as reçu des menaces de mort ?

Les regards des occupants des tables voisines convergèrent sur nous. Ce n'était pas le moment d'attirer l'attention. Je le regardai avec insistance pour qu'il se calme. Je rebondis sur sa dernière phrase.

— De quand cela date-t-il ?
— À peu près trois semaines.

J'attendis qu'il s'explique. En vain. Plus un son ne sortait de sa bouche. Il n'arrivait plus à nous parler. Il hésitait. Quelque chose le gênait ou lui faisait peur. On le laissa réfléchir. Ce fut un bon choix.

— D'accord. Je vais vous expliquer, mais cela va prendre un peu de temps et vous le regretterez peut-être ensuite.

8

Pierre regarda la mer quelques instants pour se calmer, puis prit une grande inspiration avant de se lancer :
— Il y a un peu plus de quatre ans, j'ai fait un burn-out à cause de mon travail. J'ai eu une grosse remise en cause. J'ai quitté la région parisienne et je suis revenu vivre dans le sud de la France. Peu de temps après, mon père est mort.

Éric soupira.

— À l'époque, je l'ai su par les anciens du lycée. Je t'ai envoyé un mail à ce moment-là, car je n'avais pas ton nouveau numéro de téléphone et tu ne m'as pas répondu. J'avoue que vu les circonstances cela ne m'a pas étonné.

— Oui, je venais de quitter ma société et j'avais rendu mon téléphone portable. Voulant couper, j'avais pris une nouvelle ligne.

Curieuse, je voulus en savoir plus.

— Ton père a eu un accident ?

— Oui, il a perdu le contrôle de sa voiture sur la corniche à Eze.

Je demandai un peu stupidement :

— Comme Grace de Monaco ?

— Oui, sa voiture est tombée dans le ravin et il est mort.

— Il y a eu une enquête ?

— Oui, il avait bu et a priori avait pris des médicaments pouvant expliquer qu'il se soit endormi au volant. Mais la vraie raison serait que l'un de ses pneus aurait éclaté.

Je vis à sa tête que quelque chose ne collait pas.

— Tu ne sembles pas convaincu par la thèse de l'accident ?

— Non, en effet. Mais je n'ai aucune preuve.

— Alors qu'est-ce qui te fait penser à un meurtre ?

— Mon père ne buvait pas, c'était un coureur de fond, et, à ma connaissance, il ne prenait pas de médicaments pouvant entraîner de la somnolence. Il entretenait sa voiture comme si c'était un trésor. Donc ça m'a toujours semblé bizarre. Mais comme j'étais en burn-out et que tout le monde me disait le contraire, j'ai lâché l'affaire.

— Ton père avait des ennemis ?

— Je pense, oui… Mes parents étaient divorcés et je vivais chez ma mère à Mougins. Ils s'entendaient bien et étaient restés associés dans leur entreprise même si ma mère ne faisait pas grand-chose dans la société. Tout a changé après la conversation au téléphone.

— Pardon ?

Pierre continua sur sa lancée sans lui répondre.

— Je me rappelle parfaitement que j'étais en train de regarder un vieil épisode de Columbo à la télévision dans le canapé lorsque ma mère est entrée comme une furie dans la salle à manger. Je ne sais pas si ma mère m'a vu, car elle était de l'autre côté du canapé et n'a pas fait de signes particuliers en ma direction ou dit quelque chose. Il m'apparut rapidement qu'elle menaçait mon père.

9

4 ans et 2 mois auparavant

« J'entendis ma mère, Michèle, hurler. Je me fis tout petit. Je ne voulais pas qu'elle me prenne à partie, mais, même si cette discussion ne me concernait pas, je voulais découvrir ce qui la mettait dans cet état-là. Elle était vêtue d'un peignoir en soie avec une serviette sur la tête et des mules en fourrure. Visiblement, elle sortait de son bain. Il était tard.

— Il va falloir arrêter de faire n'importe quoi ! C'est Yohan qui te met des idées pareilles dans le crâne ?

Yohan Bartolini était mon beau-frère qui était marié avec ma sœur aînée. Il est vrai que ma sœur, Anne, avait le don pour s'enticher de mauvais garçons. Là, elle avait gagné le pompon ! Elle s'était mariée avec un beau mec, bien musclé, intelligent, amoureux, mais foncièrement magouilleur. Je ne comprenais pas comment elle pouvait être si aveugle à son sujet.

Ma mère passa son portable sur haut-parleur pour éviter de le mettre à son oreille, car elle avait peur des ondes. Comme je m'y attendais, elle était avec mon père, Alain, qui essayait de la calmer.

— Détends-toi Michèle !

— Je vais démissionner en tant que présidente. Je ne veux pas être mêlée à vos malversations. Je vais officialiser cela dès demain.

— Tu t'emballes ! On va en reparler à tête reposée…

— Je n'accepterai pas d'être tenue responsable de l'organisation de pots-de-vin pour obtenir un contrat et je ne veux pas qu'on paie une partie de la rémunération de Yohan sous forme d'avantages en nature non déclarés. Si nous sommes redressés, cela va nous coûter très cher et surtout c'est du pénal. Je ne veux pas aller en prison... »

Pierre s'arrêta un instant et prit un verre d'eau avant de continuer :

— Le pire est qu'elle était sérieuse. Elle a démissionné dans la foulée. Je ne sais pas ensuite ce qui s'est passé, mais j'imagine que mon père et mon beau-frère ont dû s'en donner à cœur joie puisqu'il n'y avait plus aucun frein pour les empêcher de continuer à frauder. Étaient-ils en relation avec des personnes prêtes à tout pour fonctionner comme ils en avaient l'habitude ? Dans quelles combines étaient-ils ?

Manifestement, Pierre avait oublié que je venais d'arriver et que je ne connaissais rien à cette société.

— Excuse-moi Pierre, mais de quel type d'entreprise parle-t-on ? Dans quel secteur est-elle ?

— Pardon ! J'oubliai que tu n'es au courant de rien. *Atoutdéchet* a été créée il y a une quinzaine d'années. Comme son nom l'indique, l'entreprise est spécialisée dans les déchets.

— Dans les déchets ?

— Oui, elle s'occupe du retraitement des déchets.

— Pourquoi en était-elle présidente si elle ne s'en occupait pas ?

— La société a été créée en grande partie avec son argent. Elle a touché un bel héritage et elle en a investi une bonne partie dans la société.

— Je comprends mieux maintenant sa réaction. Elle pouvait être mise en cause, mais également perdre son argent.

Il vit que je m'agitais, il ne me laissa pas parler.

— Et pour répondre à la question que tu veux me poser, Emma, les pots-de-vin dans ce secteur sont une pratique qui consiste à accepter de l'argent non déclaré pour évacuer les déchets d'une manière illégale et beaucoup moins coûteuse. C'est évidemment payé en liquide et cela atterrit directement dans la poche du propriétaire. Tu peux gagner un contrat avec une société, une mairie, un particulier et passer tout ou partie au noir. Tu peux également retraiter les déchets illégalement sans prévenir ceux qui te les ont vendus ou ceux qui te les achètent.

— Et comment fais-tu pour retraiter des déchets illégalement ?

— Tu les déverses dans la mer, tu les enfouis dans la terre, tu les brûles, tu les déposes dans une décharge sauvage, tu les envoies à l'étranger... Les possibilités sont multiples. Il faut savoir que le coût de retraitement des déchets ne fait qu'augmenter et qu'il est de plus en plus tentant de passer par des circuits parallèles pour ne pas payer le prix fort.

— Tu crois donc que ton père était lié à cela ?

— De ce que j'ai entendu de sa conversation avec ma mère, il était au courant et il participait.

Éric se joignit à notre conversation :

— Et tu penses que la mort de ton père a un rapport avec ces activités ?

— C'est fort possible, oui. Mais nous n'en aurons jamais la preuve. L'enquête a conclu à un accident. C'était il y a quatre ans tout juste. Je me demande si les menaces de mort que j'ai reçues ne proviennent pas de mon beau-frère ou de quelqu'un avec qui il travaille.

Je tombai des nues.

— Pourquoi penses-tu cela ? Ils étaient associés et semblaient bien s'entendre, non ? C'est ton beau-frère qui a repris l'entreprise à la mort de ton père ?

— Oui, c'est vrai, tout semblait aller bien entre eux. Mais, à l'époque, je n'étais pas en état de m'intéresser à ce qui se passait entre eux et la mort de mon père a été un coup de massue terrible. Elle est arrivée à un moment où j'étais très fragile. Je n'ai jamais eu envie de m'intéresser à cette société. Ce business modèle qui consiste à gagner de l'argent par tous les moyens ne me convient pas. Ils n'avaient aucune éthique. Les mots écologie, environnement, protection de la nature ne voulaient rien dire pour eux. Les déchets doivent être recyclés correctement. Ce qu'ils faisaient était honteux. Yohan travaillait avec mon père depuis plusieurs années, c'était logique qu'il reprenne la gestion de la société à sa mort.

Les parts de mon père ont été divisées entre ma sœur, ma mère et moi. Une fois l'héritage distribué, ma mère a récupéré 49 % de la société, ma sœur Anne et moi avons 20 % chacun des parts et Yohan conserve ses 11 %. Dans les faits, on peut considérer qu'il a en réalité 31 % si on ajoute les parts de ma sœur qui est toujours d'accord avec lui. C'est d'ailleurs ma sœur qui en est devenue la présidente à la demande de ma mère qui voulait que cela reste dans la famille.

— Et ta mère justement, que pensait-elle de tout cela ?

10

— Ma mère ne disait trop rien jusqu'à il y a trois mois quand nous avons révisé la clôture annuelle des comptes. Nous avons regardé ces chiffres avec soin tous les deux. Les résultats étaient très mauvais et Yohan n'avait pas été en mesure de nous fournir des explications satisfaisantes. J'ai contacté notre expert-comptable qui n'a pu que me confirmer que nos charges liées aux voyages, à la communication, aux services généraux, aux restaurants avaient, depuis la mort de mon père, augmenté de manière conséquente et régulière, mais que les factures qui lui étaient amenées étaient conformes. Lui, à son niveau, ne pouvait que croire le directeur général de *Atoutdéchet* quand il lui disait que ces dépenses étaient destinées à la société. En discutant avec lui, j'ai bien compris qu'il n'avait aucune illusion sur le fait que Yohan utilisait de l'argent de la société à des fins personnelles, même s'il ne pouvait pas le prouver.

J'avais également réalisé que peu de temps avant la mort de papa, *Atoutdéchet* avait pris des parts dans une société dont le nom *Yoanna* ne me disait rien. Une rapide recherche sur Internet m'apprit qu'il s'agissait de la librairie de ma sœur dont le nom commercial était *Les Livres de Mouans*.

Sa librairie était donc détenue par *Atoutdéchet,* son mari et elle-même. En tant qu'actionnaire, *Atoutdéchet* lui faisait des avances de trésorerie conséquentes et régulières. La société finançait donc la librairie de ma sœur. Un comble !

J'ai questionné ma mère :

— Ne me dis pas que tu ne savais rien ! Tu as forcément signé des papiers en tant qu'actionnaire au moment de la prise de participation dans la société !

— Oui, j'ai signé des papiers et j'étais au courant ! Mais je te jure que je ne savais pas qu'on lui avançait autant d'argent. Je ne suis plus impliquée dans la gestion de la société et personne ne me demande mon avis avant de faire des virements.

— Nous avons les comptes de la librairie ?

C'était le même expert-comptable qui tenait la comptabilité de *Yoanna* et en cherchant dans les dossiers qu'il lui avait remis, ma mère les retrouva. Un rapide coup d'œil me permit de constater que la librairie était sous perfusion et qu'elle ne se finançait pas du tout ! C'était catastrophique !

Cela me laissa perplexe, car Mouans-Sartoux était une petite ville plutôt dynamique et la librairie était bien placée. Comment expliquer la situation ? Là aussi, je remarquai que les charges étaient très élevées. Le loyer était exorbitant et n'était pas adapté au train de vie d'une libraire, elle avait trop de personnel… À part, le loyer qui me semblait bizarre, je n'avais pas l'impression qu'elle utilisait de l'argent de la société pour elle, mais plus que la gestion de sa société était catastrophique.

Ma mère prit conscience que son beau-fils et Anne se servaient dans la caisse dans des proportions inacceptables depuis la mort de son mari. Cela s'ajoutait aux pratiques douteuses qu'elle avait reprochées à son mari et Yohan avant de démissionner. Elle se retrouva dans une situation très inconfortable. Majoritaire avec mon appui qui lui était acquis, elle avait le droit de destituer Yohan de son poste de directeur général. Cependant, si elle le faisait, elle se brouillerait avec sa fille.

Autre possibilité, elle pouvait laisser faire au risque que la société soit redressée très sévèrement sans compter que son propre mari avait probablement aussi détourné des fonds à titre personnel et qu'elle pourrait avoir des problèmes en cas de contrôle. Elle imaginait qu'Alain y avait peut-être donné à comptabiliser des factures sans justification. Elle ne savait pas quoi faire.

— Comment ta mère l'a su ?

— Je n'en ai aucune idée et je ne lui ai même pas demandé.

Éric lui demanda alors :

— Et ta mère t'a expliqué ce qu'elle avait appris sur les pots-de-vin ?

— Non, elle m'a toujours dit qu'elle était au courant du procédé, mais pas des clients concernés. Impossible de savoir si elle en sait plus ou pas.

J'avais bien assimilé la théorie, je voulais maintenant bien saisir la mise en pratique :

— Et, concrètement, cela marche comment leur trafic ?

— Il y a plusieurs possibilités. Ils achètent légalement des déchets qu'ils ne retraitent pas complètement par la filière officielle, mais par un moyen qui leur coûte beaucoup moins cher. Cette façon de procéder est dangereuse, car le type de déchets déclarés par le client ne sera pas le même que celui déclaré par la société qui s'en débarrasse sauf si tout le monde est dans le coup, mais il rapporte beaucoup d'argent. L'autre façon de faire est d'être en accord avec des sociétés qui ont des déchets à évacuer et d'en passer tout ou partie sous le manteau avec de faux certificats si nécessaire. Les déchets sont alors achetés à bas prix, mais ils sont retraités de manière sauvage, donc la marge réalisée est, certes plus faible, mais reste considérable.

— D'accord, je comprends mieux. Ce sont les entreprises de BTP qui sont concernées alors ?

— Pas que. Cela peut être des particuliers qui ont de l'amiante à évacuer ou qui ont fait des travaux et qui ont des remblais dont ils ne savent pas quoi faire et qui veulent s'en débarrasser à bas prix. Cela peut être aussi des usines qui produisent des déchets, une collectivité qui fait des travaux d'aménagement sur son territoire... Les possibilités sont multiples.

— C'est de plus en plus clair. Excuse-moi de t'avoir interrompu.

— Pas de problème.

Pierre reprit la suite de son histoire :

— Si ma mère n'a pas voulu m'expliquer tout dans le détail, elle ne s'est pas gênée pour me demander mon avis sur la façon de traiter ce problème. Je lui ai proposé d'aller parler à ma sœur, Anne, ce que je me suis empressé de faire.

11

« Je l'ai vue dès le lendemain à Mouans-Sartoux. Je n'avais pas pris rendez-vous avec elle sachant qu'il était très compliqué de lui parler sans que son mari soit présent. Ils ont une relation fusionnelle.

Les Livres de Mouans ferme tous les jours de 13 h 30 à 15 h 30. Quelques minutes avant sa pause-déjeuner, j'étais en train de contempler sa devanture en bois verte. Une jolie vitrine présentait des livres variés sur la région et des auteurs locaux. Un rapide coup d'œil à l'intérieur me permit de constater qu'elle était décorée avec beaucoup de goût. À ma grande surprise, je constatai que le magasin était grand. Je savais que Yohan ne serait pas là, il avait des déjeuners d'affaires le midi ou mangeait à la cantine que plusieurs sociétés voisines se partageaient.

J'aperçus Anne qui fermait la librairie. Elle était toujours pimpante et bien habillée. Les cheveux châtains attachés en chignon sans une mèche qui dépasse, le maquillage impeccable, elle n'aurait pas été mignonne, elle aurait pu être la caricature de la secrétaire ou de l'institutrice d'autrefois. Elle avait un pantalon noir et un chemisier à col lavandière bleu clair.

Ma sœur fut très surprise de me trouver à quelques pas de son lieu de travail. Elle m'entraîna tout de suite loin de la librairie, comme si elle voulait qu'on ne nous voie pas ensemble. Je me notais l'information dans un coin de ma tête.

Assis sur un banc dans un espace vert à quelques centaines de mètres de là, la discussion s'engagea.

— Qu'est-ce que tu fais là ?
— Je viens te voir.
— Tu ne viens jamais d'habitude.
— Cela ne te fait pas plaisir ?
— Tu ne passes pas à l'improviste pour me dire bonjour. Tu as besoin de moi pour quelque chose ou alors tu as quelque chose de grave à m'annoncer.

Sa sagacité sur certains sujets m'étonnait toujours tant elle pouvait être aveugle sur d'autres. »

Je le coupai.

— Tu ne t'entends pas bien avec ta sœur ?

— On a une relation neutre. On se voit lors des repas de famille, mais on n'a pas d'affinités particulières.

— La mort de ton père et ton burn-out ne vous ont pas rapprochés ?

— Non, pas vraiment. On a continué de se rencontrer chez ma mère, pas plus, pas moins.

— Je comprends sa surprise.

Pierre poursuivit son histoire.

« Je ne relevai pas son ton des plus aimables et lui répondit le plus sereinement possible :

— Rien de tout cela. Je viens te parler de l'entreprise de papa.

— Je ne veux rien avoir affaire avec cela.

— Tu n'as pas le choix. Tu en possèdes 20 %.

— C'est mon mari qui la gère et tu peux considérer que mes parts lui appartiennent. Heureusement qu'il est là, car ce n'est ni toi ni maman qui vous en préoccupez.

J'accusai le coup, mais pris la balle au rebond.

— Et bien, figure-toi que maman et moi avons passé du temps à analyser les comptes de l'entreprise. Ce fut très instructif.

J'attendis qu'elle réagisse, mais elle me regarda d'un air inexpressif. Manifestement, elle ne se sentait pas concernée. Cela m'agaça. Je continuai :

— Les nouvelles ne sont pas bonnes.

Elle se leva et me dit l'air de rien :

— Tu veux manger quelque chose ? On ne va pas parler de tout cela dans la rue.

J'admirai le changement de sujet. Impossible de dire si elle me proposait cela parce qu'elle ne voulait pas être vue dans la rue avec moi ou parce qu'elle avait enfin compris que la discussion allait durer un moment. Peut-être finalement avait-elle juste faim…

Je choisis de ne pas montrer à quel point son attitude désinvolte m'agaçait. Déjeuner avec elle me permettrait de l'avoir sous la main pendant un certain temps.

— Oui, tu veux aller où ?

— Pas à côté du travail. J'ai besoin de changer d'air. »

12

« Nous nous rendîmes dans l'une des petites rues piétonnes du centre du village de Valbonne. Une fois installés à la terrasse du Comptoir Victoria *de la place des arcades à Valbonne, nous avions commandé deux belles salades avant de reprendre notre conversation là où nous l'avions laissée.*

— En regardant les comptes, nous avons pu constater que ton mari se servait grassement, sans compter les revenus de la partie cachée de son activité.

Ma sœur ne chercha pas à nier. Elle admit même les faits sans difficulté.

— Tu veux dire qu'il complète son salaire en puisant dans la caisse ?

— Oui, c'est ça. Tu ne sembles pas surprise ?

— Je me doutais bien qu'il y avait anguille sous roche, car je connais sa rémunération et la mienne et nous ne pouvons pas avoir le niveau de vie qu'on a sans qu'il y ait de l'argent qui arrive d'ailleurs.

— Ton niveau de vie a augmenté beaucoup depuis la mort de papa ?

— Oui, mais pas tout d'un coup. Petit à petit.

— Toi et moi savons que si maman a démissionné de son poste de présidente, c'est parce qu'elle avait découvert que papa et lui touchaient des pots-de-vin pour se débarrasser de déchets discrètement, j'avoue que je n'imaginais pas qu'en plus il faisait passer de fausses factures dans la comptabilité.

C'était peut-être le cas avant, mais au moins, avec papa, cela ne se voyait pas. Là, c'est énorme et cela vole tous les actionnaires de la société, c'est-à-dire maman et moi en l'occurrence.

Si je ne fus pas étonné que le fait que je sois lésé la laissât de marbre, je fus, en revanche, très choqué de constater que le cas de notre mère lui importait peu.

Malgré son air sûr de son fait, elle ne devait quand même pas être si à l'aise que cela, car elle essaya de se justifier :

— Il trouve qu'il n'est pas assez payé alors j'imagine qu'il complète son salaire à sa manière.

J'eus envie de lui rentrer dedans. Si tous les gens qui s'estimaient mal payés se servaient dans la caisse et touchaient des pots-de-vin, où irait le monde ?

Son manque d'intérêt et la manière dont elle parlait de la conduite de son mari me laissèrent pantois.

— Et cela ne te dérange pas qu'il ponctionne la société familiale ?

— Je sais que tu ne l'aimes pas, mais il est adorable avec moi. Nous sommes très heureux ensemble. Je me fiche pas mal de ce qu'il fait au travail. Je dois me concentrer sur des choses plus importantes en ce moment.

Je ne saisis pas la perche qu'elle me tendait, mais notai une nouvelle fois dans un coin de ma tête de revenir sur ses préoccupations si elle ne le faisait pas d'ici la fin de notre discussion. En attendant, je ne voulais pas changer de sujet.

— C'est toi qui as repris le poste de présidente à la mort de papa.

— Oui, mais je ne m'en occupe pas. Je ne fais que signer des papiers d'assemblée générale.

Je sentis la moutarde me monter au nez. Se pouvait-il que ma sœur soit si naïve ? L'amour la rendait-elle aveugle ?

— En tant que présidente, tu es responsable de tout ce qui se passe dans cette société et si ton mari fait des choses illégales, ce qui paraît acquis, tu peux être condamnée tout comme lui.

Elle me regarda longtemps sans dire un mot. Je lui laissai le temps d'intégrer ce que je venais de lui dire. Elle prit une grande inspiration. Les larmes lui montèrent aux yeux. Je réalisai brutalement qu'elle n'allait pas bien du tout. J'eus envie de la prendre dans mes bras pour la consoler, mais sentis qu'elle se bloquerait si je le faisais.

Le serveur nous amena nos plats. Nous n'avions plus faim et nous n'avions fait que les picorer. Quelques instants plus tard, Anne reprit enfin la parole.

— Écoute Pierre, l'important pour moi, c'est mon couple. On essaie d'avoir un enfant en ce moment et ce n'est pas simple. On s'aime fort et on va s'acheter une belle maison pour l'accueillir. Je ne veux rien savoir qui puisse me perturber, je dois éviter tout stress…

Elle n'arriva pas à finir sa phrase. Elle se mit à pleurer. Je lui pris la main, espérant qu'elle ne se braquerait pas. Elle se laissa faire. C'était donc ça les choses importantes qui faisaient qu'elle ne voulait pas s'attaquer à la gestion de la société !

Elle poursuivit :

— En plus, à la librairie, on a des problèmes pour boucler les fins de mois. Je ne me paie plus depuis plusieurs mois et je vais peut-être devoir mettre la clé sous la porte.

Je n'arrivais pas à comprendre : comment était-il possible que cela aille si mal ?

— Quel est le problème à la librairie ? Elle est bien placée et tu n'as pas de concurrence. Comment se fait-il que tu aies des frais fixes si importants ?

— Tu as regardé mes comptes ! s'exclama-t-elle d'un air outré.

— Oui, en effet. C'est normal puisque Atoutdéchet *a des parts dans ta société et te prête beaucoup d'argent.*

Anne réfléchit un instant avant de répondre. Elle semblait hésiter entre me traiter de sale fouineur et tenter de m'amadouer. Par chance pour nos relations futures, elle opta pour le second choix et se lança dans des explications.

55

— *Un ami me loue ses locaux. C'est un peu cher, mais je le dépanne.*

Je me notais de tenter de savoir à qui appartenait ses locaux.

— *D'accord et tu as beaucoup de charges de personnel ?*

— *Oui, je me payais avant, et en ce moment, j'ai un apprenti et une personne qui travaille à mi-temps avec moi.*

Je ne pus m'empêcher de me dire qu'elle devait très bien se payer au vu des montants exorbitants figurant dans ses comptes. Elle continua.

— *Je suis en train de revoir à la baisse mon stock, mes charges diverses et je ne me paie plus. La situation devrait donc s'améliorer.*

Elle me cachait quelque chose. Difficile de savoir quoi exactement, mais quand je la voyais éviter mon regard, s'expliquer plus que nécessaire, tenter de noyer le poisson, mon impression se confirmait. Elle ne me dirait rien de plus, je n'essayai donc pas d'en savoir plus et la laissai poursuivre.

— *Donc tu comprends, le fait que Yohan s'organise pour mettre du beurre dans les épinards, cela me convient bien. Mais en même temps, je ne veux pas aller en prison. Que veux-tu faire ?*

Les idées se bousculaient dans ma tête.

— *Il faut parler à Yohan, il faut lui dire qu'il va trop loin, qu'il va se faire prendre et que vous allez tous les deux vous retrouver condamnés à titre personnel si vous continuez comme cela. »*

13

Anne quitta son frère, bien agacée. Elle avait bien du mal à admettre qu'il était légitime pour interférer dans la gestion de l'entreprise. Après tout, il ne s'en était jamais occupé auparavant. Il était bien content de laisser faire les autres et de toucher les dividendes. Quelle mouche l'avait piqué ?

Elle reconnut qu'elle était de mauvaise foi. Elle savait parfaitement pourquoi sa mère et son frère avaient réagi. Les résultats étaient vraiment plus bas que d'habitude. Elle n'avait pas imaginé que Yohan y allait aussi fort. Il allait falloir le calmer. Attirer l'attention n'était pas une bonne option.

Elle était contrariée parce qu'elle avait laissé Yohan faire n'importe quoi et que l'avenir de la librairie pouvait être remis en question à cause de son imprudence. Or, elle adorait cette librairie. Savoir que les erreurs de gestion de son mari avaient montré à sa mère et son frère que sa librairie dépendait des fonds de la société familiale l'énervait aussi. Ils ne pensaient pas que du bien d'elle et là, elle leur prouvait qu'elle ne savait pas rendre son commerce profitable. Comme si les choses étaient toujours aussi simples.

Elle n'avait pas du tout l'intention de demander à Yohan de tout arrêter, on ne tue pas la poule aux œufs d'or. Elle n'allait pas le paniquer. Elle lui demanderait juste de faire profil bas et de revoir ses dépenses à la baisse le temps que tout se tasse.

Elle avait été également très surprise que son frère l'attende à la sortie de la librairie. Il ne l'avait jamais fait auparavant. Elle pensait même qu'il n'était jamais venu la voir. Ça aussi, ce n'était pas une bonne nouvelle…

14

J'interrompis Pierre une nouvelle fois, impatiente.
— Elle t'a écouté ?
— Quelques jours plus tard, elle m'a appelé pour me dire qu'elle lui avait parlé et qu'il lui avait dit que tout ça, c'était des balivernes et qu'il ne faisait rien d'illégal. Elle m'a demandé si j'avais des preuves. J'ai dû lui avouer que je n'en avais pas.
— Et ta mère ?
— Ma mère pense comme moi, mais elle ne veut pas se brouiller avec sa fille. Elle sait que la société risque d'être redressée et qu'il y a un risque d'avoir des conséquences pénales, mais elle fait l'autruche. Du coup, sans rien lui dire, j'ai commencé à enquêter sur les pots-de-vin. J'ai pris un détective et je lui ai demandé de regarder où partaient les déchets. Deux semaines plus tard, j'ai appris que les déchets illégaux étaient enfouis dans un terrain dans l'arrière-pays, dans un endroit calme où les va-et-vient des camions n'attireraient pas trop l'attention. J'ai regardé qui en était le propriétaire, mais c'est une société suisse et je n'ai pas réussi à en savoir davantage. Ils avaient l'autorisation d'enterrer dans ce terrain des déchets classiques, mais ils y mélangeaient des déchets toxiques qui n'avaient rien à faire là. Ils exportaient également des déchets toxiques en Espagne en les faisant passer pour des déchets classiques. Cela semblait une organisation bien rodée. La situation était suffisamment grave pour que je me décide à parler à ma mère.

✳
✳✳

Voulant créer une ambiance propice à la confidence, j'invitai ma mère à découvrir ma maison. Elle n'était jamais venue la voir depuis mon déménagement quelques mois auparavant. Les travaux étaient finis et j'avais enfin fini de ranger la plupart des affaires et une cuisine flambant neuve était désormais opérationnelle. Nous avions dîné ensemble et à la fin du repas, je lui expliquai mes dernières découvertes.

— Ce n'est pas possible de continuer à le laisser faire. Tu comprends ça, n'est-ce pas ?

Elle soupira en se massant les tempes.

— J'imagine qu'il va falloir mettre de l'ordre dans tout cela et que cela va provoquer des tensions dans notre famille.

— Tu ne penses pas que nous aurons des problèmes bien plus compliqués si Anne et son mari vont en prison ou sont condamnés. De plus, l'entreprise te donne des dividendes pour vivre. Si tout s'arrête, tu vas également être directement impactée. Peux-tu me dire avec qui nous faisons ces affaires illégales ?

— Ce sont des gens peu recommandables. Moins tu en sauras et mieux cela sera pour toi. Ton père a eu d'énormes problèmes avec ça. Je ne veux pas qu'il t'arrive quoi que ce soit du même genre.

Un silence suivit cette déclaration.

— Tu es en train de me dire que papa est mort assassiné ?

Elle ne me répondit pas, ce qui en soi était un aveu. Je déglutis péniblement. Mes craintes étaient donc vraies. Je choisis de ne pas insister sur le moment. Je connaissais ma mère, elle se bloquerait et ce serait encore plus dur de la faire parler plus tard.

La situation ne plaisait pas à ma mère, mais elle avait enfin admis que jouer l'autruche ne pouvait marcher plus longtemps. Elle avait donc cédé et nous avons organisé une réunion de famille avec Anne sans son mari.

Comme on pouvait s'y attendre, la réunion s'était mal déroulée. Dès qu'elle avait compris de quoi on allait discuter, Anne avait tiqué.

— Pourquoi Yohan n'est pas là ? Il est directement concerné, non ?

Ma mère prit les choses en main, pressentant que si c'était son fils qui le faisait, ses deux enfants risquaient de se taper dessus.

— Oui et c'est bien ça le problème. C'est ton mari le sujet de la réunion. C'est lui qui prend les décisions pour la société. Nous sommes à nous trois les actionnaires majoritaires. Nous avons tous compris maintenant que Yohan sort de l'argent illégalement de la société, ne respecte pas la réglementation sur le traitement de déchets, passe des factures personnelles dans la société...

Je vins à son secours.

— Oui, nous ne pouvons plus accepter que la société soit pillée.

Anne était toute blanche, elle murmura :

— Vous voulez tout nous enlever, la société... La librairie...

Ma mère ne la laissa pas aller sur le chemin de la plainte plus longtemps. D'un ton sec, elle la recadra.

— On ne veut rien vous enlever du tout. Cela ne me choque pas que nous t'aidions pour ta librairie, j'aurais voulu apprendre dans quelle proportion nous le faisions autrement qu'en analysant les comptes de la société. En revanche, ce qui me choque plus c'est que tu te paies des affaires hors de prix avec notre argent par exemple...

Avant qu'elles ne se crêpent le chignon, j'abordai le sujet qui me préoccupait beaucoup plus que les dépenses délirantes de ma sœur.

— J'ai besoin de comprendre avec qui nous traitons. Qui sont les personnes qui acceptent que leurs déchets soient traités à bas prix ? Qui sont les différents intermédiaires dans la boucle ?

Une fois de plus, Anne botta en touche.
— *Je n'en sais rien. Tout ce que me dit Yohan c'est que vous n'avez pas de preuves, que vous fabulez.*
Je lui expliquai les résultats de l'enquête menée par le détective. Cela la mit dans une rage folle.
— *Tu aurais pu nous prévenir. Tu as fait cela dans ton coin. On parle de mon mari quand même !*
— *C'est justement parce que c'est ton mari que je ne t'en ai pas parlé. Comment pourrais-tu être objective le concernant ?*
— *S'il arrête et se remet dans le droit chemin, nous ne nous en sortirons pas.*
— *Bien sûr que si. Un tas de personnes ont des revenus bien inférieurs aux vôtres et s'en sortent très bien. Ce qui est certain, c'est qu'il va falloir réduire votre train de vie.*
— *Hors de question !*
Anne me défia du regard, puis regarda notre mère en cherchant son appui.
— *De toute façon, ce n'est pas possible. Même si je le voulais, je ne le pourrais pas.*
— *Comment ça !*
— *Ils ne le laisseront pas faire.*
— *Qui ça ils ?*
— *Les personnes avec qui Yohan travaille.*
Pour la première fois, j'eus un doute. Elle semblait bien au courant pour quelqu'un qui ne s'intéressait pas à l'entreprise à moins qu'elle n'ait été préparée par son mari avant la réunion. Voyant peut-être mon air surpris, elle précisa :
— *C'est ce que Yohan m'a dit.*
— *Tu mens comme une arracheuse de dents. D'un côté, tu n'es au courant de rien. Tu demandes à ton mari des comptes et il te dit qu'on raconte n'importe quoi et de l'autre, tu m'expliques qu'ils ne le laisseront pas faire ???*
Je sentis la colère monter. Je n'attendis pas sa réponse, qui, de toute façon, n'arriverait pas et je pris ma décision.

— Puisque c'est comme ça, je vais vendre mes parts. Je ne veux plus rien avoir affaire avec Atoutdéchet. *Il m'est impossible de cautionner une société qui ne respecte rien et pollue les sols et la mer.*

✲✲✲

Pierre s'arrêta là. Il nous regarda sans en dire davantage. Il voulait que nous tirions par nous-mêmes les conclusions horribles qui s'imposaient.

Je compris alors et fis une grimace.

— Et c'est là que tu as commencé à recevoir des menaces ?

15

Rémi nous retrouva à Roquefort-les-Pins à la fin de sa journée de travail. Lorsqu'il arriva, nous discutions à l'ombre de la pergola sur la terrasse. Éric alla chercher des bières fraîches. Le bruit des cigales était assourdissant. J'adorais les entendre. La chatte était allongée de tout son long sur la terrasse bien chaude. Elle ne semblait pas inquiète à la suite du départ de ses maîtres. Il faut dire que je n'arrêtais pas de la caresser et de la prendre dans mes bras. J'avoue que Spicy,[3] la chatte Maine coon de mon voisin de Suresnes, me manquait depuis que j'avais déménagé. Mais je n'avais pas envie qu'on ait un animal dans l'appartement d'Éric. Pour moi, un chat était heureux quand il pouvait sortir à sa guise. La question se poserait le jour où je vivrai dans une maison, ce qui j'en suis sûre arrivera à un moment donné.

Notre ami avait pris le temps de passer se changer chez lui pour enfiler un maillot de bain et un tee-shirt — à moins que cela soit sa tenue de travail, ce dont je doutais fortement. Il nous fit un compte-rendu de l'avancée de l'enquête :

— L'heure du décès a été établie entre 22 heures 30 et minuit. Le légiste est maintenant certain que Cédric Romand a été tué par deux coups donnés avec un objet contondant à l'arrière de la tête et à la tempe, puis que sa nuque a été brisée. Il pense que les coups ont été donnés par un gaucher. Il était mort quand il a atterri dans la piscine. On a deux champs d'investigation. D'une part, on mène une enquête sur la

---

[3]. Cf. Une Rue si Tranquille de Nathalie Michau

victime pour voir si elle n'a pas des cadavres dans le placard, comme on dit, et d'autre part, on contrôle les alibis de toutes les personnes avec qui il était en interaction ici pour le tournage. On va évidemment vérifier aussi s'il connaît du monde dans le coin. On en a pour un moment.

Il avait l'air satisfait du déroulement de l'enquête.

J'avoue avoir hésité à partager avec lui les craintes rétroactives de Pierre. Après tout, ce n'était pas à moi d'en parler. Mais je ne pouvais m'empêcher d'être agacée, car je constatai qu'il ne disait rien. Pourquoi gardait-il ces informations pour lui ? J'allais devoir lui faire prendre conscience de la gravité de la situation au plus vite. En imaginant qu'il ait raison, son assassin allait rapidement apprendre qu'il s'était trompé de cible et vouloir réitérer. Notre ami était donc en danger et potentiellement nous aussi, car nous étions tout le temps avec lui. Afin d'avoir une bonne vision de la situation, j'étais pressée de connaître la fin de son histoire que Rémi, en arrivant, avait interrompue.

Ce fut un très bon début de soirée. Les deux amis d'Éric racontaient des histoires si drôles sur leur quotidien de responsable de club de plongée ou de gendarme que j'en avais les larmes aux yeux tellement je riais. Ils arrivaient à prendre un recul que j'admirais, car je me doutais bien que leurs journées ne devaient pas être faciles tous les jours.

Rémi n'accepta pas notre invitation à dîner et ne repartit pas trop tard, il commençait à six heures du matin le lendemain et sa journée s'annonçait longue. Il promit de nous tenir au courant dès qu'il aurait du nouveau.

Nous quitter n'avait pas dû être simple pour lui, car, avant de partir en Italie, Gabriella, la mère d'Éric, nous avait préparé ses fameuses pizzas maison que nous n'avions plus qu'à réchauffer. J'attendis avec bien des difficultés que Rémi nous quitte pour reprendre notre conversation. Je n'y allai pas par quatre chemins même si je ne connaissais Pierre que depuis quelques heures :

— Pourquoi n'as-tu pas parlé de tes craintes à Rémi ? C'est ton ami, non ?

Pierre me regarda, surpris.

— Je ne suis pas certain de ce que j'avance, ce n'est peut-être pas ça du tout. Je n'ai aucune preuve, il ne s'agit que d'hypothèses. Je ne vais pas en rajouter. Tu as vu tout ce qu'ils doivent faire, le nombre de potentiels assassins, le fait que le réalisateur ne vive pas sur place, ce qui implique de la coopération avec la police nationale basée dans les Yvelines…

Je le coupai, impatiente et agacée :

— Oui, je me rappelle bien tout ce qu'il nous a raconté. Mais ces menaces que tu as reçues sont une autre piste qu'il ne faut pas négliger. Tu aurais dû lui en parler. Et puis, ton détective, il a bien trouvé des choses, non ?

— Oui, mais nous n'avons pas de preuve que ce soit lié au meurtre et je n'ai pas spécialement envie de mettre la société familiale dans la panade et de faire condamner ma sœur.

Je comprenais Pierre, mais il fallait trouver vite qui lui en voulait et que cela cesse. Sinon, il risquait de finir comme son père.

Je regardai Éric pour obtenir son soutien. J'étais persuadée qu'il ne pouvait qu'être d'accord avec moi tant ce que j'avançais était évident. Mais mon cher et tendre tenta de jouer sur les deux tableaux, ne contrarier ni son super ami, ni moi.

— Pierre, peux-tu continuer à nous raconter tes aventures afin que nous puissions décider si c'est une piste qui mérite d'être explorée ?

16

Pierre hocha la tête et soupira. Il avait dû imaginer naïvement qu'avec l'interruption provoquée par l'arrivée de Rémi, nous allions oublier notre conversation. C'était mal me connaître.

Il n'avait pas envie de revenir sur le sujet, mais il avait compris qu'il n'avait pas le choix. Nous ne le laisserions pas en paix avant de tout savoir.

Je reposai la question qui n'avait pas eu de réponse.

— Tu as alors reçu des menaces ?

— Oui, j'ai commencé à en recevoir après avoir vu ma sœur et ma mère. Le milieu du BTP est particulier. Avec mon enquête et mes questions, je dois déranger.

Éric lui demanda :

— Et ces menaces sont arrivées de quelle manière ?

— J'ai reçu des mails anonymes.

— Sur ta messagerie personnelle ?

— Non, au club de plongée.

Je voulus savoir ce que ces mails disaient :

— Ils me disaient d'arrêter de me mêler de ce qui ne me regarde pas.

— Tu les as gardés ?

— Oui.

Sans que j'aie besoin de le lui demander, il attrapa son portable et regarda ses mails. Rapidement, il fut en mesure de nous en montrer deux. Ils avaient été envoyés d'une adresse standard sur Gmail que n'importe qui avait pu créer.

Bien sûr, Éric ne connaissait aucune personne de ce nom. Le premier était plus une mise en garde :
Arrête de te mêler des affaires des autres sinon tu auras de graves ennuis.
Aucune signature. Juste cette phrase. Le deuxième mail était arrivé trois jours plus tard. Peut-être que la personne qui l'avait envoyé n'avait pas été satisfaite de la réaction de Pierre. Son contenu était plus agressif.
Tu n'as pas écouté mes conseils. Je vais devoir sévir et tu vas mourir. Il est encore temps de réagir. Le compte à rebours est lancé.
Je le regardai, estomaquée :
— Et tu n'as pas jugé utile d'agir ?
— L'adresse mail du club est une adresse générique de contact. C'est moi qui lis les mails, mais cela aurait pu être quelqu'un d'autre. Ces messages ne sont pas nominatifs. J'étais interpelé, mais je n'étais pas certain qu'ils m'étaient adressés.
Pressentant que ce n'était que le début, je lui demandai de continuer :
— Et ensuite, que s'est-il passé ?
— Deux jours plus tard, mes pneus de voiture ont été crevés et j'ai reçu un nouveau mail, mais il a été envoyé sur ma messagerie personnelle, cette fois-ci.
Anticipant notre question, il reprit son téléphone et nous lut le message envoyé par la même personne :
Nous savons qui tu es. Nous allons bientôt passer à l'action.
Il vit mon regard et il comprit instantanément que je le prenais pour un crétin. A priori, il n'aima pas cette sensation.
— Ne me regarde pas comme ça, Emma ! J'aurais peut-être dû réagir, mais ces menaces ne sont pas précises, comment savoir si c'est bien de mes recherches sur la société dont il s'agit ? Cela sous-entendrait que mon beau-frère est au courant.

— Enfin, tu aurais dû porter plainte que tu saches de qui il s'agit ou pas. La police est là pour traiter ce type de situation et enquêter. C'est dingue là !

Voyant que je m'énervais, Éric reprit la parole de manière posée.

— Ta mère a reçu des menaces ?

— Non, mais elle n'a pas fait de recherches.

— Tu as parlé des résultats de tes investigations à qui d'autre ?

— À mon beau-frère. Je l'ai vu à *Atoutdéchet*. Cela ne s'est pas bien passé. Quelques jours avant de recevoir les messages de menaces, je me suis présenté à l'improviste au siège de la société *Atoutdéchet*. Elle est installée dans la zone industrielle de carré à Grasse, à une vingtaine de minutes en voiture de Bois Fleuri.

17

« Le 4×4 de Yohan était garé devant l'immeuble de la société. Je pris le temps d'observer les lieux, car je ne venais jamais. L'immeuble était tout en verre fumé et sur le côté, un hangar servait de lieu de transit pour les déchets.

Certain que mon beau-frère était bien sur place, j'entrai dans les locaux. Par chance, Yohan était en train de raccompagner quelqu'un à l'accueil au moment où j'arrivai. Je pus l'observer sans qu'il me voie. Il était, comme toujours, tiré à quatre épingles, avec un costume qui tombait parfaitement et des chaussures vernies. C'était étonnant, car dans ce milieu, les entrepreneurs étaient plutôt en polo, pantalon et chaussures de chantier, mais je ne le l'avais jamais vu autrement qu'habillé comme ça.

Mon beau-frère eut du mal à cacher sa contrariété en me voyant débarquer. Yohan, qui n'était pas stupide, savait que je ne l'aimais pas. Je ne le supportais que parce qu'il était marié avec ma sœur et qu'il dirigeait l'entreprise familiale.

À son air, je sus qu'il ne comprenait pas la raison de ma venue. Il y avait eu quelques jours auparavant le conseil de famille entre sa femme, sa belle-mère et moi. Il n'avait bien évidemment pas été convoqué. Prévoyant, sans que Anne lui demande quoi que ce soit, il lui avait expliqué ce qu'elle devait dire. Comme toujours, sa femme était de son côté. Elle avait donc bien respecté les consignes qu'il lui avait données, ce qui avait bloqué toute avancée quant à sa destitution. Il pensait être tranquille pour un moment et n'imaginait pas recevoir ma visite si rapidement, même s'il était conscient qu'il n'y échapperait pas.

J'allai droit au but.

— Comme tu ne nous dis pas tout et que Anne est toujours de ton côté, si je veux tirer au clair ce qui se passe dans cette entreprise, je ne peux compter que sur moi-même. Comme elle a dû te le dire, j'ai pris sur moi de faire une enquête afin de mieux comprendre le circuit emprunté par les déchets que tu traites. La facilité avec laquelle j'ai pu découvrir qu'une partie des déchets était enfouie illégalement dans un terrain isolé et que d'autres déchets étaient exportés est très inquiétante.

Estomaqué par cette entrée en matière des plus frontales, Yohan voulut me couper la parole, mais je ne le laissai pas m'interrompre :

— Je ne veux pas t'entendre me mentir une nouvelle fois. Je veux juste te dire que si moi, j'y suis arrivé en quinze jours, les flics peuvent potentiellement le faire encore plus vite. Je ne veux pas baigner dans tout ça. Comme je l'ai annoncé à maman et Anne, je veux me débarrasser de mes parts.

Yohan eut un mouvement de surprise. Manifestement, il ne semblait pas au courant de ces informations pourtant essentielles.

— Et, Michèle veut les reprendre ?

— Non, elle n'en a pas les moyens. Et toi ?

Yohan masqua un soupir. Voilà ! On y était ! Un nouveau problème ! Pierre voulait qu'il lui rachète ses actions. Comme si la situation n'était pas assez compliquée pour eux financièrement. Il n'était pas envisageable de racheter quoi que ce soit.

Yohan avait bien compris que sa tête était en jeu et qu'il risquait de vite se retrouver sans travail s'il ne changeait pas ses méthodes de gestion rapidement, mais il ne pensait pas que je pourrais vendre mes parts, il imaginait certainement que mon attachement à l'entreprise familiale me rendrait conciliant. Il s'était lourdement trompé.

— Non, je n'en ai pas les moyens et tu le sais. Je viens de m'endetter pour acheter une nouvelle maison, je ne peux pas prendre un prêt supplémentaire pour acheter tes parts. En revanche, je connais des personnes qui pourraient être intéressées.

— J'imagine bien. Mais ni maman ni moi ne voulons que des actionnaires véreux rentrent dans la société.

— Tu proposes quoi alors ?

— Tu arrêtes tout ! Tout de suite !

Si Yohan pouvait facilement changer certaines choses, comme arrêter de passer en notes de frais des factures qui n'avaient rien à voir avec son entreprise par exemple, la situation ne dépendait pas que de lui pour les pots-de-vin.

Dès qu'il avait senti le vent tourner, il en avait touché un mot à ses interlocuteurs et proposé d'arrêter ses activités illégales pour ne pas les mettre en danger. Mais ses partenaires ne voyaient pas les choses comme lui et n'avaient pas de solution de secours sous la main. Atoutdéchet possédait un carnet de commandes important qui datait du temps où son beau-père, Alain, était vivant et les sommes en jeu étaient considérables. Personne ne voulait que les choses changent. Et pour cela, il ne fallait en aucun cas qu'un des actionnaires vende ses parts à un tiers qui ne soit pas d'accord avec leur manière de fonctionner. Encore des problèmes en perspective. Après m'avoir expliqué tout cela, il me mit en garde. Je ne savais pas dans quoi je mettais les pieds. »

Pierre ferma ses yeux un instant. Il revivait la scène.

— Yohan est alors devenu dingue ! Il m'a crié dessus, m'a expliqué que les choses n'étaient pas aussi simples que cela, qu'il ne pouvait pas arrêter du jour au lendemain, que ses partenaires comptaient sur lui et qu'ils n'étaient pas des enfants de chœur. Il transpirait de peur. Il était dans un sale pétrin. Il m'a alors demandé si j'avais parlé de tout cela à ma mère et ma sœur. Et, là, j'ai réalisé que pour une obscure raison, Anne ne lui avait rien dit. Je me suis dit qu'elle avait certainement une bonne raison pour lui avoir caché la vérité, elle avait peut-être peur de sa réaction et je lui ai répondu que personne n'était au courant. Il s'est alors détendu et m'a dit qu'on allait trouver une solution, qu'il fallait qu'on voie ensemble comment faire.

Je ne pus m'empêcher de l'interrompre :

— Tu l'as cru ?

— Non, pas un instant ! Son changement d'attitude était tellement étonnant ! Et je lui ai dit.

Éric regarda son ami d'un air désespéré :

— Tu as fait dans la subtilité à ce que je vois. Tu cherches les problèmes ?

Il me regarda :

— Il a toujours adoré avoir des problèmes !

Pierre l'interrompit :

— Ne dis pas ça ! Ce n'est pas vrai !

— Être trop direct n'est pas toujours la meilleure solution, Pierre ! Je croyais qu'en vieillissant tu aurais intégré cette donnée !

— Je suis d'accord avec toi, j'aurais pu être plus subtil, mais j'étais très agacé par sa façon de se comporter !

— Du coup, tu te l'es mis à dos et rien n'a été résolu.

— Tu as raison, je suis parti en claquant la porte quand il s'est mis à me hurler dessus comme un damné. D'une part, je n'avais pas à supporter cela, et d'autre part, il m'a fait vraiment peur. Mais cela ne s'est pas terminé pour autant.

Je ne pus m'empêcher de soupirer. Quel bourricot !

— Oui, je suis revenu le voir une seconde fois.

Devant nos airs accablés et interrogatifs, il poursuivit :

— Oui, j'y suis retourné une fois que les menaces sont arrivées. J'étais outré.

Sans faire un quelconque commentaire sur son attitude, je proposai à Pierre de nous raconter dans le détail cette nouvelle entrevue, ce qu'il fit sans se faire prier.

18

« *Je me suis présenté un soir au domicile de ma sœur, cette fois-ci. J'avais bien vérifié que le couple serait sur place. Yohan et ma sœur parurent stupéfaits en m'ouvrant la porte. Ils avaient quitté leurs beaux habits de la journée. Mon beau-frère avait enfilé un survêtement. Je n'imaginais même pas qu'il puisse posséder autre chose que des costumes. Anne, de son côté, avait revêtu une tenue d'intérieur en soie bleu marine très seyante. Ma sœur avait détaché ses cheveux, cela faisait des années que je ne l'avais pas vue aussi décontractée.*

Les prendre par surprise me convenait bien. Très énervé, j'allai droit au but :

— J'ai reçu des menaces de mort. On arrête de jouer.

Mon beau-frère eut l'air surpris, ce qui m'énerva considérablement. Il ne pouvait pas ne pas être au courant.

— Je sais que, devant ma sœur, tu veux passer pour un homme exemplaire, mais nous savons tous les deux que ce n'est pas le cas.

Sentant que nous allions nous battre, Anne tenta de m'interrompre. Je lui ordonnai froidement de se taire.

— Tu n'as pas voulu m'écouter et tu prends tout le temps son parti. Tu l'as assez protégé, ça suffit ! L'amour n'excuse pas tout.

Je me mis à hurler :

— Je suis menacé de mort !

Je regardai ensuite Yohan. Ce dernier hésitait devant l'attitude à adopter. Il devait avoir une folle envie de m'en mettre une, mais devant sa femme, il ne voulait certainement pas montrer à quel point il pouvait être odieux. J'en profitai pour casser un peu son image. J'expliquai à ma sœur :

— Contrairement à ce qu'il t'a raconté, ce qu'il fait dans notre société n'est pas bénin. Il détourne de l'argent à son profit, cela s'appelle de l'abus de bien social (ABS pour les intimes) et en ce qui concerne les pots-de-vin, on peut également parler de corruption, de sommes d'argent versées illégalement pour obtenir un marché…

Je ne pus pas finir ma phrase, car ma sœur m'expliqua sèchement que ces mots faisaient partie de son vocabulaire et que ce n'était pas parce qu'on n'était pas dans la finance qu'on n'avait pas de culture générale. Je poursuivis alors, imperturbable.

— Très bien, nous allons gagner du temps. Si tu connais tout cela, tu es donc complice. J'ai vu ton mari après notre réunion de famille, tu es au courant ?

— Oui !

— Trois jours plus tard, je reçois des menaces de mort sur le mail du club de plongée. Puis deux jours plus tard, ça recommence. Tu trouves cela logique ? Et ce matin, cela continue sur mon mail personnel et je retrouve mes pneus crevés. Je sais que l'amour rend aveugle, mais tu devrais être capable de faire un lien, non ? »

Pierre ne nous en dit pas davantage, mais admit ne pas les avoir quittés en bon terme.

Je lui demandai alors :

— C'était il y a combien de temps ?

— Il y a une dizaine de jours environ.

Éric bougeait lentement sa tête en pinçant ses lèvres :

— Tu sais que les hommes acculés sont les plus dangereux, n'est-ce pas ? Tu les forces à t'agresser pour s'en sortir.

Là, tu l'as attaqué devant la personne face à laquelle il veut le plus briller !

— Oui, je sais, je n'aurais peut-être pas dû. Mais c'était plus fort que moi.

À mon grand soulagement, Éric fit enfin un choix. Il résuma sa position d'un ton qui ne tolérait aucune contradiction :

— Bon, on ne va pas refaire l'histoire, mais on en parle à Rémi demain soir.

Pierre se le tint pour dit. Je dissimulai avec soin ma satisfaction.

19

Yohan était secoué par la scène qu'il venait de vivre. Il ne comprenait pas ce qui avait pu se passer. Comment la situation avait-elle pu déraper à ce point ?

— Tu as bien fait de le mettre dehors Anne. C'était la meilleure chose à faire. Il n'a pas à se comporter comme ça, quoi qu'on ait fait.

Anne lui versa un verre de gin-tonic pour le requinquer sans dire un mot. Yohan la remercia et poursuivit d'une voix plaintive :

— Je veux bien qu'on me reproche d'avoir vidé les caisses de la société et je vais changer ma manière de procéder, mais je n'ai pas envoyé de menaces de mort à ton frère.

Il attrapa la main de sa femme fiévreusement.

— Tu me crois, bébé, quand je dis ça ?

Anne le regarda attentivement, l'embrassa longuement et lui murmura.

— Bien sûr que je te crois, mon amour. Il faut comprendre si ce qui lui arrive est lié à nos activités ou pas. Tu as parlé à ton partenaire principal ?

— Oui, mais je lui ai juste proposé d'arrêter quelques mois le temps que cela se tasse. Je l'ai rassuré. Je ne lui ai pas demandé de faire quoi que ce soit. Tu crois que c'est lui ou l'un de ses sbires ?

— Je n'étais pas là lorsque tu lui as parlé. Je ne sais pas si tu l'as convaincu ou pas.

— Tu savais que ton frère voulait vendre ses parts ? Je suis tombé des nues quand il en a parlé.

Oui, évidemment, elle savait. Mais, évidemment, elle ne lui en avait pas parlé. Elle voulait éviter de le paniquer et qu'il fasse n'importe quoi. Elle choisit de couper la poire en deux.

— Il en a parlé lors de la réunion de crise avec maman, mais je ne l'ai pas cru. J'ai pensé qu'il bluffait. C'est pour cela que je ne t'en ai pas parlé. Pierre est un sanguin. Il s'emballe et après cela retombe. Je ne peux que constater que j'ai eu tort.

Elle était pensive.

— Je ne veux pas qu'il arrive à mon frère ce qui est arrivé à mon père. Il est susceptible, notre interlocuteur, il peut prendre beaucoup plus à cœur qu'on ne le souhaiterait nos ennuis.

Yohan était au bord des larmes.

— Je ne veux pas qu'il s'en prenne à nous aussi. J'ai toujours fait ce qu'ils voulaient. Ton père a eu des soucis, car il ne voulait pas rentrer dans leurs combines.

— Mon père a été tué, car il voulait dénoncer leurs combines, ce n'est pas le cas de Pierre, il ne veut pas être concerné par nos histoires. Mais le fait qu'il milite pour le ramassage des déchets et qu'il ait embauché un détective joue contre lui.

— Mais je ne leur ai pas parlé du détective. Je ne pense pas que c'est une bonne idée.

Anne pinça ses lèvres de mécontentement, puis, voyant que son mari semblait très inquiet, elle lui fit son plus beau sourire.

— Cela te dirait d'aller boire un verre au bord de la mer pour nous changer les idées ?

20

3e jour

Après toutes les péripéties des journées précédentes, je lézardais avec bonheur au bord de la piscine la journée suivante. Les garçons en profitèrent pour courir dans la forêt alentour et allèrent au marché acheter du poisson frais et des légumes de saison pour le repas du midi.

Notre déjeuner fut agréable et nous n'avions pas parlé de notre enquête volontairement. Après tout, nous étions en vacances et Pierre était réticent à se confier. Faire une pause ne pouvait que nous faire du bien.

Après une bonne sieste au bord de la piscine, j'allai m'isoler dans notre chambre. Elle était de belle taille avec un joli secrétaire en merisier. Je m'assis devant afin d'être dans les conditions adéquates pour m'atteler à mon projet.

Cela faisait maintenant plusieurs mois que j'avais cette envie d'écriture. Je voulais partager ma passion pour l'archéologie en inventant des histoires qui se passeraient dans mon époque fétiche, le haut Moyen Âge. Écrire une enquête à la Agatha Christie me paraissait la meilleure manière de commencer. Un meurtre est commis au début du livre et ensuite l'équivalent d'un Hercule Poirot ou d'une miss Marple de l'époque enquêterait pour découvrir l'assassin. Un huis clos serait simple à créer pour plusieurs raisons. D'une part, il y aurait moins de recherches historiques à faire si tout se passait dans un endroit unique. D'autre part, mes connaissances en squelettes pourraient être utilisées. Je notais dans un petit calepin, toutes ces idées. Je n'avais jamais écrit de livre, je ne savais absolument pas comment j'allais procéder pour mener à bien cette tâche qui s'étalerait sur plusieurs mois, sinon plusieurs années, mais j'étais tout émoustillée.

Je m'attelai à mettre en forme tout ce qui me passait par la tête, ce qui m'occupa jusqu'à l'heure de l'apéritif sans que je voie le temps passer.

Rémi fut fidèle à sa promesse de la veille. Il repassa le soir après son travail. Boire une bière avec nous, les pieds dans la piscine, semblait lui plaire. Il accepta même l'invitation à manger la pasta. Cela me fit plaisir, car il serait plus longtemps avec nous et on pourrait lui parler des menaces de manière plus détaillée que s'il repartait rapidement.

Les hommes se baignèrent dans la piscine avec plaisir, car en ce début de mois de juillet, la température était anormalement élevée. De mon côté, je m'étais allongée sur une chaise longue.

Rémi nous raconta sa journée :

— C'est l'enfer au travail, car la clim' a sauté. Vu comment les bureaux sont organisés, créer des courants d'air est difficile. Je sens que je vais faire du télétravail si cela continue et que je ne vais pas être le seul.

Éric se mit à rire :

— Ton métier n'est pas propice au télétravail, c'est sûr ! Tu ne vas pas faire les interrogatoires dans ta salle à manger !

— Oui, évidemment, si je me compare à toi qui fais de l'ordinateur toute la journée… Mais plus sérieusement, on a des recherches à faire, de la paperasserie à écrire, des appels à passer quand on n'est pas sur le terrain à chercher des pistes.

— Tu as avancé ?

— Oui. On travaille avec les forces de police compétentes sur Saint-Quentin-en-Yvelines, car c'est là que Cédric Romand vivait avec sa femme et ses deux enfants. On s'est rapidement rendu compte qu'il n'avait pas une vie aussi limpide qu'on aurait pu le penser au départ.

Je souris intérieurement. Allait-il nous donner des informations croustillantes ? Je n'eus pas à attendre très longtemps. Il nous lâcha ses bombes sous le feu de nos questions :

— Il avait une maîtresse et il jouait aux jeux vidéos d'une manière anormale. Il était également en cours de séparation avec sa femme.

— Il avait une addiction au jeu ?

— Oui, il consultait une psychologue et suivait avec elle une thérapie cognitivo-comportementale. Cette addiction lui a fait perdre sa femme qui n'en pouvait plus, d'autant plus qu'il buvait lorsqu'il jouait.

— Il avait l'alcool mauvais ?

— Non, pas du tout. Il s'enivrait jusqu'à ce qu'il s'effondre.

— Comment en était-il arrivé à ce point-là ?

— Il a mal vécu le confinement avec sa femme et ses deux ados, des garçons qu'il était difficile de tenir enfermés. Ses projets cinématographiques ont été mis à l'arrêt pendant pas mal de temps. Il était impossible de tourner dans les lieux sélectionnés. Trop de monde avait le COVID ou était cas contact et les producteurs ne voulaient plus payer…

— Il a fallu qu'il s'occupe et il s'est mis à jouer aux jeux vidéos, j'imagine ?

— Oui, c'est ça.

— Du coup, vous pensez à un crime passionnel ? Familial ?

— La plupart du temps, la victime connaît son meurtrier.

— Il avait rencontré une autre femme ?

— Nous pensons que oui.

— Et vous avez découvert qui était sa maîtresse ?

— Non, on est dessus et je pense que nous allons vite le savoir.

— Vous avez avancé sur les alibis de l'équipe du tournage ?

— Pour l'instant, on n'a pas détecté de problèmes sur les alibis ou des mobiles qui pourraient amener les personnes qui étaient sur le tournage à le tuer. Mais on est loin d'avoir exploré toutes les pistes.

Nous avons ensuite bu un verre et grignoté deux ou trois biscuits apéritifs en parlant de choses et d'autres. Je fixai avec insistance Pierre qui ne se décidait pas à prendre la parole. Éric fit de même. Rémi se rendit compte de notre petit manège. Il demanda en rigolant :
— Qu'est-ce qui se passe ?
Je défiai Pierre du regard, puis regardai Éric. Devant leur mutisme, je passai à l'action.
— Pierre a quelque chose à te raconter.
Nos trois regards le fixèrent. Nous étions tous à l'écoute. Acculé, Pierre ne put qu'acquiescer :
— Oui, j'ai peut-être une autre piste à te proposer. Je ne t'en ai pas parlé avant, car je ne suis pas sûr qu'elle soit vraiment sérieuse. Mais Emma et Éric ont insisté pour que je le fasse.

Pierre raconta tout à Rémi : les menaces, l'enquêteur, les résultats de l'entreprise, la gestion frauduleuse des déchets…
— Je sais, Rémi, qu'en te disant tout cela, c'est ma famille que j'accuse et que Yohan risque gros, mais je suis d'accord avec Éric et Emma, il faut que cela s'arrête et ce sont des éléments que je dois porter à ta connaissance.

Je fus vraiment soulagée en l'entendant. Rémi allait prendre tout cela en main. Ce dernier l'écouta attentivement jusqu'au bout.
— C'est en effet une piste sérieuse. Nous n'avons pas imaginé qu'il puisse y avoir erreur sur la victime. Ce que tu racontes pourrait suggérer que ce n'était pas le réalisateur qui était visé, mais toi. C'est une tout autre histoire. Il faut l'explorer.
— Ce qui m'embête, c'est que si tout ce que je t'ai raconté n'a rien à voir avec ce crime, je vais me mettre ma sœur

et ma mère à dos, sans parler de mes relations avec son mari, et ce, de manière définitive.

— Tu as bien fait de m'en parler. Imagine que ce soit vrai. Ils vont recommencer. Tu ne peux pas rester avec une épée de Damoclès au-dessus de ta tête. On va convoquer ton charmant beau-frère au poste pour lui demander des explications concernant son emploi du temps le soir du meurtre. On va le menacer de lui coller un contrôle fiscal sur le dos et on verra bien comment il réagit. Ne t'inquiète pas, je trouverai une excuse pour qu'il ne fasse pas le lien avec toi.

J'étais peut-être défaitiste, mais j'étais persuadée que cette approche ne donnerait rien.

— Il n'aura rien à se reprocher, j'en suis quasiment sûre. Il aura un alibi en béton pour le soir du crime. Il a très bien pu commanditer une autre personne pour le faire, ce qui expliquerait la méprise de l'assassin.

Je tournai la tête vers Pierre :

— À qui as-tu parlé du tournage à part nous ?

— Aux parents d'Éric et à la copine qui a accepté de me loger la semaine dernière.

Rémi élimina d'office les parents d'Éric qui étaient en Italie avec Noémie pour se concentrer sur la copine, tous les proches devaient être étudiés et s'il y avait peu de chance qu'elle soit coupable, elle connaissait peut-être le meurtrier et l'auteur des menaces.

— Comment s'appelle ta copine ?

Pierre lui donna le nom et les coordonnées de Sylvie Dufour.

— Sylvie est une chic fille. Je la connais depuis le lycée. Je n'imagine pas un seul instant qu'elle soit mêlée de près ou de loin à tout cela.

— On verra bien, il ne faut se fermer aucune piste.

Il se concentra de nouveau sur les principaux suspects :

— Donc Yohan et ta sœur ne savaient pas que tu n'étais pas chez toi ce soir-là.

— Non, en effet.

Rémi fit la moue. Il pouvait croire à une vengeance familiale, Yohan voulant empêcher Pierre de mettre à mal ses malversations. Il ne pensait pas, en revanche, qu'il ait pu engager un tueur à gages pour tuer son beau-frère.

21

4e jour

Pierre nous proposa le lendemain de faire une excursion sur l'île de Sainte-Marguerite située dans la baie de Cannes afin de nous changer les idées. Rémi avait désormais tous les éléments en main pour trouver le meurtrier. C'était à lui de jouer. J'allais enfin pouvoir profiter pleinement de nos vacances.

Notre ami loua un bateau à moteur pour nous y rendre sans passer par la navette toujours pleine à craquer. J'avais adoré cette balade sur le bateau, en paréo turquoise avec des lunettes de soleil et ma casquette assortie, j'avais juste l'impression d'être une star ! Nous étions autonomes et tranquilles. La mer était calme, il faisait beau sans qu'il fasse trop chaud. La météo idéale. Le bateau fut amarré à côté de la zone préservée. L'écomusée sous-marin était proche ce qui permettait de faire de la plongée avec masque et tuba afin d'admirer les gigantesques statues réalisées par un artiste du nom de Jason de Caires Taylor.

Comme il était tôt le matin en semaine, il n'y avait pas encore grand monde, car nous n'étions pas en plein milieu de la période des vacances estivales. L'eau était très claire et nous pouvions observer plein de poissons et de plantes. Les statues représentaient des visages géants et étaient magnifiques.

Nous avions ensuite pique-niqué sur le bateau. Les garçons avaient préparé des pizzas, du melon et de la pastèque coupés en petits morceaux, des chips, des œufs durs, de l'eau et une bouteille de rosé pour accompagner le tout. Ce repas était délicieux et il y en avait beaucoup trop. Je les avais laissé faire, mais je m'étais demandé s'ils avaient bien compris que nous n'étions que trois et que nous avions mangé à notre faim la veille.

De manière implicite, nous avions choisi de ne pas parler du meurtre. Nous avions engagé la conversation sur la passion de Pierre : la plongée.

Vu qu'il avait un club de plongée, curieuse, je le questionnai :

— Tu emmènes tes clients plonger dans le coin ?

— Oui, il y a plusieurs spots sympas dans les environs. Tu fais de la plongée bouteille ?

— J'en ai fait un tout petit peu, il y a quelques années en Sardaigne. Je suis niveau 1^4.

— Cela vous dirait que je vous organise une sortie ?

Je savais qu'Éric avait un niveau 2^5, je ne fus pas surprise de sa réponse :

— Oui, avec plaisir. Cela fait un bon moment que je n'ai pas plongé.

De mon côté, je n'étais pas rassurée. J'avais apprécié cette expérience constituée d'un baptême et de quelques plongées, mais n'avais pas éprouvé une folle envie de recommencer.

Pierre prit un air songeur.

— Dans ce cas, je vais vous faire découvrir un endroit sur lequel je me pose des questions.

— Tu attises ma curiosité !

— Il faut que je vous raconte ce qui m'est arrivé. Mais avant, Emma, je vais t'expliquer un certain nombre de choses

---

4. Le Niveau 1 en plongée est le niveau débutant. On peut plonger accompagné jusqu'à 20 mètres.
5. Le niveau 2 est le niveau intermédiaire. On peut plonger, encadré, jusqu'à 40 mètres et en autonomie jusqu'à 20 mètres.

afin que tu comprennes mieux comment les choses se sont passées.

22

Pierre commença par m'expliquer qu'il dirigeait une association The Cleanup Divers (les plongeurs nettoyeurs en français) qui organisait des plongées pour nettoyer les déchets qui polluaient la mer. Il était passionné et avait un discours bien rodé pour présenter son activité.

— La mer est polluée principalement par le plastique. D'où vient ce plastique ? Des plaisanciers qui jettent des détritus par-dessus bord, les pêcheurs qui perdent leurs filets, mais la plupart des déchets proviennent des eaux de ruissellement et des rivières qui se déversent dans la mer. Même si la plupart des pays qui polluent la mer sont des pays en voie de développement, la France y contribue également. La Méditerranée reçoit donc son lot de bouteilles et de sacs en plastique, de mégots, d'emballages divers, de cannettes, de pailles, de cotons-tiges... Ces déchets se décomposent en microplastiques qui contaminent toute la chaîne alimentaire qui les ingère, mais ils tuent aussi des milliers de poissons, crustacés, cétacés... qui les confondent avec des méduses, des algues... et les mangent. Impossible pour eux de les digérer.

Éric abonda dans son sens :

— J'ai vu une émission qui parlait des vortex de déchets dans les océans. Elle montrait des îles désertes perdues au milieu du Pacifique recouvertes de déchets amenés par les courants marins et qui proviennent du monde entier.

Pierre précisa :

— Le vortex dont tu parles est gigantesque, il fait 5 à 6 fois la taille de la France.

Je renchéris :

— Oui, on retrouve même du plastique sur les pôles nord et sud.

Pierre, lancé sur son sujet favori, poursuivit dans la même lignée :

— En fait, on en trouve partout. Il y en a à 4000 mètres de profondeur, mais il en pleut aussi.

— Pourtant, on est censé le recycler, non ?

— On en recycle, mais une toute petite partie, à peine 20 %. Les quantités de plastique qui se retrouvent dans la mer sont considérables. On parle de 10 millions de tonnes rejetées chaque année dans l'océan. Le problème est que le plastique ne se décompose pas. Il se désagrège en morceaux de plus en plus petits et donc de plus en plus difficiles à récupérer et il contamine toute la chaîne alimentaire du plancton à l'homme. La même chose se produit dans le sol où faute de le recycler, on l'enfouit.

— D'où ton engagement à le ramasser pour qu'il puisse être recyclé.

— Oui, j'ai commencé sur les plages. 70 % des déchets en Méditerranée sont en plastique. Ensuite, je suis passé à la collecte en mer.

— J'avais entendu parler de campagnes de ramassage de déchets sur les plages, mais je ne savais pas qu'on faisait cela aussi dans l'océan. Tu procèdes comment ?

— On fait des repérages lors de plongées. On localise les lieux pollués et on organise ensuite des opérations plongées pour aller récupérer les déchets.

Il vit mon regard interrogatif.

— On prend des filets avec nous

— Comme des filets à papillons ?

— Oui, mais aussi en forme de sac avec des mailles pour laisser passer l'eau et on les remplit. On remonte aussi à la surface les objets plus lourds avec des ballons. On peut également les mettre dans des caisses qu'on sort de l'eau grâce à de gros filets. Puis on les trie et on les recycle si possible.

Mais ce n'était pas tout, le copain d'Éric était tout le temps dans l'eau. Quand il n'animait pas son association de récupération de déchets et ne s'occupait pas de son club de plongée, il faisait de la plongée dans le cadre de l'archéologie sous-marine.

— Éric, tu ne m'avais pas dit que ton ami était archéologue ! C'est un comble !

Pierre répondit à la place d'Éric :

— Je suis bénévole. Je récupère juste des artefacts pour les remonter à la surface. Je ne fais aucune analyse. Je ne me considère pas vraiment comme un archéologue.

Éric précisa :

— Je ne te l'ai pas dit parce que je ne le savais pas. Je n'ai pas vu Pierre depuis plusieurs années et il ne m'a pas parlé de cela quand nous nous appelions.

— Pendant mon burn-out, je suis resté pas mal de temps dans le brouillard, en dépression, ne sachant pas quoi faire de ma vie. Une chose était sûre, je ne voulais pas continuer à travailler dans un grand groupe bancaire. J'étais dans une très grosse remise en question. D'une part, j'avais perdu mon travail, mais ma vie sentimentale avait été stoppée nette quand j'avais été hospitalisé pour suivre une petite cure de sommeil dont j'étais ressorti dix jours plus tard, très calme, car abruti par les médicaments, mais complètement déconnecté de la réalité.

À ma sortie de la clinique, j'avais trouvé mon appartement vide, ma petite amie, Hélène, avec qui j'étais depuis cinq ans, avait disparu avec les meubles et il ne restait plus que mes vêtements, des livres, quelques papiers et mes affaires de toilettes sur place. Elle avait pris ma carte bleue dont elle connaissait le code et, quand plusieurs jours après mon retour, j'ai eu la lucidité suffisante pour consulter mon compte bancaire, j'ai pu constater qu'il était à zéro. Heureusement, ma charmante copine ne savait pas que j'avais de l'argent placé ailleurs. Mon travail en tant que spécialiste dans la fusion-acquisition m'avait permis de mettre pas mal d'argent de côté. Elle m'avait volé, mais pas ruiné, loin de là.

Ses aveux me sidérèrent. Je ne lui posais pas de questions. Mais qu'avait-il pu faire de si horrible à cette femme pour qu'elle ait tant envie de lui nuire ? La cupidité expliquait-elle tout ? Les gens ont parfois des comportements incroyables.

Curieuse, je me renseignai sur son travail :

— Que faisais-tu dans la fusion-acquisition ?

— J'étudiais les entreprises que des investisseurs voulaient racheter afin d'estimer les risques et de les évaluer.

23

Je compris alors pourquoi Pierre avait pu avoir une vision assez précise de ce qui se passait chez *Atoutdéchet*. Il savait analyser les comptes des entreprises.

— Un travail intéressant, mais un rythme de dingue. Après mon burn-out, j'avais besoin de revenir à des choses plus vraies, de donner un sens à ma vie. Je me suis retrouvé chez ma mère dans le sud de la France, à Mougins. J'étais en arrêt-maladie depuis un certain temps et je ne voyais pas la fin du tunnel. Ma psy m'a conseillé de me trouver un loisir. Faire du bénévolat dans l'environnement me semblait être une bonne idée. J'ai commencé à ramasser des déchets sur le bord des routes et sur les plages. Mais je voulais faire quelque chose de plus original. J'avais arrêté la plongée depuis pas mal d'années. Comme j'avais quitté Paris pour m'installer dans le sud de la France, cela m'a donné l'occasion de reprendre. Plonger m'a transformé. J'ai adoré cela et j'ai su que ma reconversion était là. Ma vocation était de passer mon temps dans l'eau et j'ai ouvert mon club de plongée, puis créé mon association pour aller chercher les déchets dans la mer méditerranée. Ensuite, j'ai eu envie d'apprendre, ce qui d'après ma psy était une excellente nouvelle. J'ai repris mes études en candidat libre dans un secteur très différent de celui de la finance : l'archéologie. Plus précisément l'archéologie sous-marine. Je voulais donc avoir des bases afin de pouvoir être bénévole pour participer aux fouilles de ces sites enfouis. J'ai adoré rentrer dans le détail de ce qui n'était au départ qu'un hobby.

Je me suis rendu compte que le domaine des recherches archéologiques sous-marines avait peu de moyens et que de nombreuses épaves étaient référencées par des plongeurs ou des historiens, mais que les sondages sur site, l'examen des lieux avec des radars, puis des fouilles proprement dites pouvaient parfois commencer des mois ou des années plus tard faute de budget. La DRASSM — direction des recherches archéologiques subaquatiques et sous-marines — devait arbitrer sans arrêt entre les différents sites qui devaient être fouillés.

— Tu as dû passer un niveau de plongée spécifique pour faire ce type de plongée, non ?

— Oui, j'ai dû passer mon certificat d'aptitude à l'hyperbarie Mention B classe I, si cela t'intéresse, pour être habilité à intervenir sur les sites de fouilles. Chercher des épaves dont la Méditerranée était jonchée allait être ma nouvelle passion.

Là, on parlait d'un sujet qui me tenait, bien évidemment, à cœur. Apprendre que l'un des amis proches d'Éric était de la partie me faisait vraiment plaisir.

— Cela fait longtemps que tu t'intéresses à l'archéologie ?

— Non, trois ans environ. J'avais vu des émissions sur le sujet et cela m'avait plu. J'ai toujours été passionné par les images d'épaves au fond des océans et j'ai toujours eu envie de faire autre chose que juste les visiter. Je voulais avoir une activité complémentaire positive et excitante et ne pas me contenter de remonter des déchets plastiques du fond des mers.

— Mais c'est déjà très positif d'œuvrer pour une planète plus propre.

— Oui et non. Oui parce que cela permet d'éviter d'empoisonner tout ce qui vit dans la mer et nous par extension, puisque nous mangeons les animaux de la mer. Mais c'est aussi désespérant, parce que chaque jour, ce qu'on enlève est remplacé par de nouveaux déchets. Tant qu'une prise de conscience généralisée n'aura pas eu lieu, cela ne s'arrêtera pas.

Lorsque Pierre était lancé sur le sujet des déchets, il était difficile à arrêter. Alors qu'il continuait à m'expliquer en quoi consistait cette fameuse prise de conscience généralisée, je compris pourquoi il avait réagi si fort lorsqu'il avait appris comment l'entreprise familiale gérait les déchets. Sa réaction me paraissait, d'un seul coup, très logique.

Je profitai de ce qu'il reprenait sa respiration pour l'orienter sur ma passion.

— Que fais-tu exactement quand tu participes à un chantier de fouilles sous-marines ?

— Je suis contacté par le responsable des opérations quand ils ont besoin de plongeurs bénévoles. Si je suis disponible — et je m'arrange pour que ce soit le cas —, je participe à des opérations de fouilles, la plupart du temps sur des épaves. C'est passionnant. On a une montée d'adrénaline de dingue quand on voit quelque chose qui dépasse du sable et qu'on découvre quelque chose de nouveau. J'adore !

Je fis un grand sourire à Pierre.

— Je comprends cela. Je ressens la même chose quand je fais mes propres fouilles.

— Tu es archéologue ?

— Oui, mais sur terre ! Je me suis spécialisée dans l'archéologie funéraire du haut Moyen Âge.

— Tu fouilles des tombes ?

— Oui, c'est ça. Entre l'an 500 et l'an 1000. Les morts à l'époque étaient souvent enterrés avec leurs affaires dans des sarcophages. C'est passionnant.

— Oui, cela a l'air, en effet.

Je revins à notre affaire.

— Donc, si je récapitule, on t'appelle à la rescousse quand il y a des fouilles et qu'ils ont besoin de bénévoles et tu viens donner un coup de main ?

— Oui, exactement.

— Et le lieu que tu souhaites nous montrer est en rapport avec ça ?
— Complètement.
— Et qu'as-tu découvert de si passionnant ?
— Je pense avoir découvert une épave...
Je me dis alors que j'allais dépasser mes appréhensions concernant la plongée...
Pierre nous raconta donc dans le détail comment il était tombé sur ce qu'il pensait être un site remarquable.

24

« *Je préparai une nouvelle journée de collecte des déchets en mer. J'avais décidé de la faire vers 25 mètres de fonds derrière les îles de Lérins, car des plongeurs appartenant à mon club de plongée m'avaient informé que des déchets s'étaient accumulés près de rochers avec un ou deux filets de pêche. Ces derniers étaient de redoutables tueurs de poissons et de cétacés, même à l'abandon, et cette information avait attiré mon attention. C'était même elle qui m'avait décidé à organiser cette journée de nettoyage.*

Je souhaitais repérer les lieux avant la grande journée afin de m'assurer qu'ils n'étaient pas dangereux pour l'équipe de plongeurs bénévoles dont j'aurais la responsabilité. J'étais parti sur place avec Julien, un plongeur émérite avec qui j'aimais pratiquer.

Sur site, nous avions pu constater qu'il y avait en effet beaucoup de déchets de toutes sortes et que les fonds avaient manifestement déjà été fouillés.

J'ai eu l'impression que du sable avait été déposé là pour recouvrir les lieux. Cela m'a interpelé, car, en général, on fait cela quand on veut cacher une découverte sous-marine pour qu'elle ne soit pas pillée. Plus je regardai le site, plus j'étais perturbé. En plus, je ne remarquai pas de courants particuliers qui pouvaient expliquer cet amas de déchets. Cela signifiait qu'un bateau mouillait là régulièrement et jetait ses déchets directement dans la mer. Il devait venir soit très tôt le matin, soit tard le soir ou encore la nuit. Il n'y avait que peu de mouillages dans le coin et la plupart du temps par des pêcheurs. Je vadrouillais régulièrement dans le secteur donc j'aurais dû voir ce bateau et ce n'était pas le cas. Pourquoi ? Sans rien toucher, je regardai le sol attentivement à la recherche de traces quelconques qui pourraient m'indiquer la raison de ces visites nocturnes.

Je ne partageai pas mes réflexions avec Julien. Toujours cette méfiance qu'on m'avait inculquée. Ne jamais révéler la découverte d'un site tant qu'il n'avait pas été fouillé officiellement pour éviter les pillages, monnaie courante sur les chantiers qu'ils soient en mer ou pas. Je voulais revenir sur place pour vérifier si mes soupçons étaient fondés avant de prévenir la DRASSM. J'avais néanmoins un problème de taille. Il faut toujours être deux pour plonger, c'est une question de sécurité et, ça, même si tu es un plongeur aguerri. »

Je l'interrompis en lui tendant un verre d'eau.

— Donc tu étais obligé de mettre quelqu'un dans la confidence ?

— Oui, j'ai hésité entre mon amie, Sylvie, et le fameux Julien. Ils savent tous les deux plonger. J'ai confiance en eux. Je ne savais pas si Julien avait remarqué quelque chose. Si c'était le cas et qu'en plus je mettais Sylvie dans la boucle, cela faisait deux personnes dans le coup.

Éric intervint :

— Tu as fait quoi alors ?

— Je n'ai rien dit à personne, je me suis dit que nous pourrions y aller tous les trois. Cela vous dirait ?

Évidemment, nous étions tous les deux partants. Cela me plaisait de jouer les Indiana Jones de la mer. Lorsqu'on m'appelait sur un site, c'était parce qu'il avait déjà été fouillé et qu'on pensait qu'il contenait des squelettes humains, des tombes, des objets funéraires. J'arrivais donc après la phase d'exploration. Là, je ferais partie de l'équipe qui découvrirait les lieux. Quelle chance !

J'interrogeai Éric :

— Tu n'y es pas retourné depuis ?

— Si, mais avec Julien, Sylvie et mon équipe de ramassage de déchets. Ils ne connaissent rien à l'archéologie. Ils n'ont rien remarqué. J'ai pu à nouveau jeter un coup d'œil et surtout filmer les lieux sous prétexte de faire la promotion de notre cause sur les réseaux sociaux. J'y suis donc retourné également une fois la nuit et une fois au petit matin.

Il me regarda en continuant :

— J'ai été prudent et je suis resté à distance.

— Et, tu as vu quelque chose ?

— Oui, les deux fois, j'ai vu un bateau de pêche et des plongeurs. Une personne restait sur le bateau et faisait semblant de pêcher. Ils remontaient des caisses. J'ai pris l'immatriculation du bateau, car j'avais des jumelles.

— Tu l'as donnée à Rémi pour qu'il nous dise à qui appartient le bateau ?

— Non, je n'y ai pas pensé sur le moment. Je me suis dit que je la communiquerai à la DRASSM quand je les préviendrai.

Je soupirai intérieurement. Les réactions de Pierre me paraissaient tellement étranges parfois. Si j'avais été à sa place, ma curiosité aurait été telle que je me serais ruée sur mon téléphone pour demander à Rémi de me donner l'information. Je choisis de ne pas réagir.

— Es-tu sûr qu'ils ne t'ont pas vu ?

— Je ne sais pas. Je ne pense pas. J'étais sur place avant eux. Je suis parti après. Je ne me suis pas montré. J'ai pris le bateau du club. On me voit pas mal dans le coin, mais c'est vrai que je suis peu présent à ces heures-là, normalement.

— Et la journée ?

— Je n'ai pas vu ce bateau.

— Et que faisaient les plongeurs ?

— Ils ont remonté des caisses. Je ne sais pas ce qu'il y avait dedans.

Éric demanda à son ami :

— Ce n'était pour autant pas un bateau de plongée ?
— Non, plutôt un petit bateau de pêche.
— Il aurait pu être utilisé pour remonter des nasses avec des poissons ?
— Non. Cela m'a fait penser aux caisses qu'on utilise pour remonter des artefacts.

Je pensai à voix haute :
— Cela voudrait donc dire que quelque chose d'intéressant a bien été trouvé sur place. Quelque chose qui vaudrait suffisamment d'argent pour qu'on prenne le risque de fouiller illégalement un site. Il y a eu pas mal de naufrages de navires de l'époque romaine dans le coin, non ?
— Oui, mais pas que. Il y en a de toutes les époques en fait. La Méditerranée a toujours été une route maritime très fréquentée pour faire le lien entre l'Italie, la France et l'Espagne en ne cabotant pas trop loin des côtes. La probabilité qu'ils soient tombés sur une épave est loin d'être faible, d'autant qu'on en a trouvé à quelques kilomètres de la pointe du Batéguier, et l'endroit que j'ai trouvé n'est pas loin de là.
— Une épave serait donc en train d'être pillée.
— Oui, au marché noir des jarres, des céramiques, des vases, de la vaisselle, des statues, des pots... valent cher. C'est très demandé pour décorer les maisons des milliardaires et par les collectionneurs.

Éric nous interrompit.
— En admettant que tes élucubrations soient vraies, cela pourrait être dangereux de plonger pour voir ce qu'il y a en dessous. Les pilleurs vont devenir dingues s'ils s'aperçoivent qu'on a trouvé leur poule aux œufs d'or. Ils pourraient devenir agressifs à notre égard pour nous décourager.
— Tu sais, depuis ma découverte, j'ai organisé ma plongée de ramassage, puis mes surveillances les deux jours suivants et personne n'est venu me voir pour me demander ce que je faisais là. Les pilleurs sont souvent des plongeurs amateurs, chercheurs de trésor.

J'étais partagée. Je comprenais la prudence légendaire d'Éric, mais en même temps, la plupart des épaves ne contenaient pas grand-chose d'intéressant, pas de quoi énerver des âmes cupides et malveillantes… À moins de trouver le pactole et que cela se sache… Un trésor sous les mers. La chance que cela arrive était faible, mais pas impossible. Après tout, des monceaux d'épaves avaient coulé dans la Méditerranée et la plupart d'entre elles n'avaient toujours pas été découvertes.

25

Nous retournâmes à Roquefort-les-Pins afin de lézarder sur la terrasse et profiter de la piscine. Installée sur une chaise longue en maillot de bain, un roman policier à la main, je me mis à réfléchir à la manière de diminuer les risques de notre expédition sur la potentielle épave. J'hésitais. D'un côté, j'étais d'accord avec la prudence de Pierre qui ne voulait prévenir personne de sa découverte pour ne pas déranger s'il s'agissait d'une fausse alerte. D'un autre côté, je ne pouvais m'empêcher de penser que plus on était nombreux à connaître l'existence de ce lieu et à y aller ensemble, moins on risquait de s'en prendre à nous.

Je conclus cet intense moment de réflexion en me rassurant, persuadée que personne ne s'attaquerait à nous en pleine journée. Câline qui était sur mes genoux sembla d'accord avec moi. Elle me regarda en faisant un petit miaulement avant de me quitter pour vaquer à de nouvelles occupations.

Puisque nous n'avions rien de prévu et que j'étais tranquille, je me remis sur l'élaboration de la trame de mon roman. Je trouvais que notre chambre, à l'étage, avait une très belle vue dégagée sur l'arrière-pays. Dans ce havre de paix pour la création, les idées arrivèrent très vite.

J'imaginais mon intrigue se déroulant au bord de la mer tant j'aimais la région où nous nous trouvions. Il fallait que je choisisse une héroïne et une ville avec un port qui existait à cette époque-là.

Je me renseignai et découvris sans trop de difficultés que le port d'Antibes était très actif pendant cette époque-là.

L'endroit me plaisait. Il allait falloir que je fasse des recherches sur la ville d'Antibes et le port entre le VIIe et le IXe siècle.

L'héroïne serait une jeune femme d'une vingtaine d'années qui allait se retrouver un peu par hasard à enquêter sur un meurtre. À l'époque, il n'y avait pas encore de policiers et les enquêtes se résumaient plutôt à torturer les potentiels coupables jusqu'à ce qu'ils avouent.

Durant cette période, ce sont les religieux qui pouvaient le plus facilement circuler et avoir accès à l'éducation. Ils se mêlaient aussi bien aux pauvres qu'aux riches. Mon héroïne serait donc une religieuse. Il fallait que je regarde les prénoms utilisés pendant le haut Moyen Âge.

Je notai fébrilement ces idées sur mon carnet. J'avais peur de les oublier. Il me fallait maintenant trouver un meurtre qui soit compatible avec l'époque. On tuait avec des armes et du poison. On pouvait aussi étrangler, taper, être renversé par une carriole, jeter dans un puits… Les possibilités étaient multiples.

Ensuite, il fallait déterminer le mobile, les personnes impliquées (des cultivateurs, des commerçants, des religieux, des seigneurs…) tout en n'oubliant pas que les villes n'avaient commencé à réellement exister que vers l'an 1000 et que les chevaliers et les châteaux-forts n'existaient pas non plus. Ma période de prédilection commençait en 500 et finissait avant l'an 1000. Il fallait que je choisisse bien mes dates, car en 500 ans, il s'en était passé des choses…

Éric interrompit cette importante introspection en me proposant une bière fraîche. Je regardai ma montre, il était 19 heures passées. Je tranchai en faveur d'un verre de Chablis.

Je pris le temps d'enfiler un paréo vert qui rehaussait la couleur de mes cheveux et de me regarder dans la glace. Nous n'étions pas là depuis longtemps et j'avais déjà pris des couleurs. Je me fis un sourire. La vie était belle !

Au même moment, Rémi se présenta afin de partager le verre de l'amitié et nous faire son rapport du jour.

26

Rémi était tout excité. Il me donnait l'impression d'être agité comme une puce. Il faisait presque deux mètres de haut et était baraqué comme un judoka, catégorie poids lourd, bien musclé. L'analogie avec la puce était donc purement théorique. Il devait avoir des choses importantes à nous annoncer. Je cachai mon impatience.

Comme chaque soir, il demanda une bière fraîche pour entamer sa soirée. Ce rituel lui semblait indispensable avant de pouvoir nous partager sa journée. Je m'interrogeai. Il semblait routinier et venait tous les soirs. Avait-il une copine ou était-il vieux garçon ? Il devait plaire et son travail lui permettait certainement d'avoir de nombreuses interactions. Mes interrogations furent interrompues lorsque le principal intéressé posa une question essentielle :

— Vous voulez la bonne nouvelle ou la mauvaise en premier ?

Pierre, Éric et moi-même n'avions pas la même manière de voir les choses. J'étais la seule à préférer terminer par une note positive et donc à vouloir attaquer par la mauvaise nouvelle. Beaux joueurs, les deux hommes s'inclinèrent pour me faire plaisir.

Rémi put commencer à nous distiller ses informations.

— Comme nous nous y attendions, le beau-frère de Pierre avait un alibi solide pour le soir où Cédric avait été assassiné. Il participait à un banquet organisé par un groupement de sociétés dans le BTP. Les festivités se déroulaient sur Nice. Par acquit de conscience, les inspecteurs ont visionné les caméras de surveillance et ils ont pu le voir à des intervalles réguliers sur place.

Ainsi, Yohan n'avait pas passé la soirée seul avec Anne, alibi auquel je n'aurais pas cru un instant, tant la sœur de Pierre semblait inféodée à son mari. Il lui aurait donc été difficile de s'éclipser discrètement, de tuer le réalisateur et de revenir. Autre chose qui me paraissait évidente, Yohan connaissait son beau-frère et il aurait immédiatement vu que la personne présente dans la maison n'était pas Pierre. Il semblait donc hors de cause.

Rémi réclama sa deuxième bière. Il s'était mis dans l'eau dès son arrivée. Il faisait trop chaud dans les bureaux et boire un apéro dans la piscine l'emballait terriblement. Après avoir bu une nouvelle gorgée, il expliqua alors à Pierre :

— J'ai parlé à mon chef de votre nouvelle piste. Je ne lui ai pas dit qu'elle venait de vous.

Je me mis à sourire.

— Évidemment ! Tu lui as dit que c'était ton idée.

— Oui, en effet. Mais je n'aurais peut-être pas dû finalement. Je lui ai parlé du côté truand de ton beau-frère et la possibilité qu'il aurait pu demander à une petite frappe de commettre le crime pour lui.

Je cachai difficilement mon contentement. Il était pour moi très probable que cela se soit passé comme ça. J'étais a priori la seule à l'avoir pensé dès le départ, cela ne manquait pas de m'interpeler.

— Mon chef a trouvé l'idée intéressante, mais ne l'a pas retenue. Il m'a répondu qu'on se la gardait en réserve et qu'elle redeviendrait d'actualité quand on aurait éclusé toutes les autres nombreuses pistes beaucoup plus logiques. Il a insisté sur le fait que les pistes les plus simples étaient souvent les bonnes. Il m'a rappelé d'un ton très aimable, mais ne tolérant pas de contradiction que toutes les vérifications en cours étaient chronophages et nos effectifs n'étaient pas extensibles.

Avant que je puisse réagir et partager mon intense frustration, Rémi ajouta :

— Mais j'ai aussi une bonne nouvelle à vous annoncer.

Il me regarda :

— Et je suis sûr qu'elle va te plaire, Emma. Nous avons retrouvé la maîtresse du réalisateur.

Évidemment que cela me plaisait. Cela devait être mon côté commère que je cachais soigneusement, mais je réalisai avec dépit que Rémi m'avait démasquée. Apprendre de nouveaux ragots a toujours quelque chose d'excitant surtout quand cela peut aider à trouver un meurtrier ou une meurtrière. Je choisis de ne pas feindre le désintérêt.

— Je suis tout ouïe ! Raconte !

— Elle était sur le tournage. C'est la chef déco. Elle s'appelle Anne-Laure Benoît. Trente-cinq ans, plutôt jolie.

D'accord, une idylle sur le lieu de travail sachant que Cédric était marié. Bon, rien de bien savoureux. J'étais presque déçue.

— Oui ?

— Là où cela devient intéressant, c'est qu'elle est avec le chef opérateur.

— Le chef opérateur ?

— Oui, le directeur de la photographie, le directeur artistique si tu préfères. Lui a 38 ans et son petit nom est Benjamin Laurel.

Bien sûr ! Le monde du cinéma est petit et quand une équipe fonctionne bien, le réalisateur a tendance à vouloir s'entourer avec les mêmes personnes. Mais de là à prendre sa maîtresse et son mari... Il était gonflé, Cédric Romand ! Il n'avait pas froid aux yeux. Il cherchait les problèmes.

Je protestai.

— Mais le tournage chez Pierre ne commençait que le lendemain, non ?

— Oui, mais le tournage du film avait lieu sur plusieurs sites. Pendant que l'équipe décoration installait le décor dans la maison de Pierre, l'équipe de production, elle, tournait à Cannes, dans un hôtel.

— Et ils faisaient quoi le chef opérateur et la chef déco le soir où Cédric a été tué ?

— Tu vas trop vite. Il faut savoir que deux jours auparavant, le mari trompé a appris par un cadreur qui a gaffé — beaucoup de personnes étaient au courant — que sa femme le trompait avec le réalisateur.

— On est dans un beau trio de vaudeville, dis-moi ! Sans oublier la femme de Cédric. Elle était au courant de quelque chose ?

— Ils étaient en train de se séparer depuis un moment. Elle s'est déjà remise avec quelqu'un d'autre. Pas de risque de crime passionnel de son côté.

— Et quand Benjamin a appris la nouvelle, il a eu une explication sérieuse avec sa femme ?

— Ah, ça oui ! Les interrogatoires ont été beaucoup plus intéressants que prévu. Il y a eu plusieurs témoins de la scène et du coup, on a gagné du temps, car personne n'a cherché à nier la réalité de ce qui s'était passé. Nous avons pu reconstituer la scène sans trop de problèmes.

27

2 jours avant le meurtre

Benjamin, accompagné de deux assistants, revint plus tôt que prévu à son hôtel situé dans la zone de Sophia Antipolis, car un gros orage avait écourté leur séance de jogging quotidienne. En montant l'escalier qui les amenait au premier étage, il proposa à ses accompagnateurs de boire un verre avec lui au bar. Ses deux compagnons avaient leurs chambres juste à côté de la sienne.

Le chef opérateur pénétra dans la sienne d'un bon pas pour s'arrêter net une fois l'entrée franchie lorsqu'à sa grande stupéfaction, il tomba sur sa femme en compagnie de Cédric. Impossible d'avoir de doutes sur leur occupation. Ils étaient tous les deux nus sur le lit en pleine action.

L'arrivée du mari trompé créa un choc pour tout le monde. D'abord pour Benjamin qui n'en croyait pas ses yeux. Il travaillait avec Cédric depuis dix ans, il était parti en vacances avec lui, il le considérait comme un pote ! Il se sentit trahi, quelque chose d'horrible.

Mais ce n'était pas tout, évidemment. Sa femme le trompait. Il n'avait pas vu le coup venir. Il n'avait pas imaginé qu'il y avait un problème dans son couple. Elle ne lui avait jamais fait part d'une frustration ou d'un problème. Comment avait-elle pu lui faire ça ?

C'était une double trahison ! C'était horrible ! Inacceptable ! Intolérable ! Il sentit une colère terrible s'emparer de lui. Il attrapa Cédric par le bras, le sortit du lit et le mit dehors sans lui permettre de se couvrir. Il se mit à crier :

— T'es qu'un minable ! Un traitre ! Une ordure ! Je te hais !

Cédric ne jugea pas utile d'entamer la conversation pour tenter de calmer Benjamin. Il prit la poudre d'escampette à toute vitesse, considérant qu'il était chanceux de ne pas s'en être pris une. Il était plutôt petit et fin contrairement à Benjamin qui faisait un bon 90 kilos et était bien musclé. Benjamin claqua la porte ensuite derrière lui et s'en prit à sa femme.

Les témoins purent l'entendre lui hurler dessus, car, comme ils purent le constater, l'isolation n'était pas parfaite et Benjamin parlait très fort.

— Mais t'es qu'une pouffiasse ! Cédric est là depuis deux jours seulement et vous couchez ensemble ?

Il vit le regard de sa femme et comprit :

— En fait, t'es avec lui depuis longtemps, c'est ça ? Tout le monde est au courant sauf moi, le pauvre cocu ?! C'est ça ? Vous vous foutiez bien de ma gueule, hein ?

Sa femme jugea également inopportun d'entamer un échange verbal avec lui. Voulant éviter de se retrouver elle aussi toute nue dans le couloir, elle s'habilla à toute vitesse. Jamais son mari ne lui avait parlé comme ça, jamais il n'utilisait de gros mots normalement. Il était en train de craquer. Il fallait qu'elle parte de cette chambre, impossible de rester là avec lui. Seul problème, il était du côté du couloir et il lui barrait le passage. Elle envisageait d'aller s'enfermer à clé dans la salle de bain jusqu'à ce qu'il parte, ce qui arriverait forcément à un moment lorsqu'on frappa à la porte.

C'était le régisseur, Dominique.

— Ouvre-moi Benjamin ! Laisse-moi entrer.

Le régisseur ne risquait rien, il était encore plus baraqué que Benjamin. Ce dernier eut un moment d'hésitation.

— Si tu n'ouvres pas immédiatement, je rentre avec un passe. J'ai le directeur de l'hôtel à côté de moi et on va appeler la police.

Comprenant qu'il n'avait pas le choix, il ouvrit la porte.
— Laisse sortir Anne-Laure.

Benjamin ne chercha pas à résister. Vaincu, il se déplaça sur le côté et laissa sa proie s'enfuir. Anne-Laure ne demanda pas son reste et partit en courant.

Rémi poursuivit :
— Le régisseur s'est enfermé ensuite avec Benjamin. Nous ne savons pas ce qu'ils se sont dit, mais nous le saurons bientôt, car nous revoyons Dominique Echtebar sur ce sujet demain.

Éric, surpris, lui demanda :
— Il ne vous a pas parlé de cette dispute lors de vos précédents échanges, c'est quand même un fait marquant, non ?
— En effet, il ne nous a rien dit. Mais à sa décharge, on l'a interrogé sur son emploi du temps du soir du crime pour voir s'il avait un alibi valable, mais pas sur ce qui s'était passé deux jours auparavant.

28

Il avait sa tête des mauvais jours, sourcils froncés, lèvres serrées. Il était installé dans un fauteuil avec un verre de whisky et personne n'osait plus l'approcher.

La mauvaise nouvelle lui avait été annoncée dès le lendemain du meurtre par son frère qui l'avait su par sa maîtresse. Une erreur ennuyeuse, cela va sans dire. Comment était-il possible de se planter à ce point ? Le travail de qualité se perdait.

Quand le compte d'Alain Cousin avait dû être réglé, les choses avaient été faites correctement, sans bavure. Si des doutes avaient existé sur les raisons exactes de sa mort, ce qui était normal vu les circonstances, l'enquête n'avait jamais abouti à une piste exploitable pour eux.

À l'époque, avoir le responsable de l'enquête — paix à son âme — avec eux avait forcément aidé. Il aurait bien aimé qu'il soit toujours là, mais il était mort depuis trois ans d'un cancer des poumons causé par une surconsommation de tabac. Il n'avait pas encore trouvé son remplaçant. Le jeune Rémi Pascouand ne pouvait pas faire l'affaire. Il avait des convictions fortes incompatibles avec les siennes. Quand il avait eu l'enquête, cela l'avait embarrassé. Bon, pour le moment, il avait l'air de surtout s'intéresser à la vie du réalisateur assassiné et cela lui allait bien.

La situation n'était pas facile. L'idée de retenter de tuer le fils Cousin avait été abandonnée pour le moment même si la tentation était forte, mais personne n'avait envie d'attirer l'attention. Il avait donc décidé de lui faire peur afin qu'il passe à autre chose. Il allait falloir voir si cela donnait des résultats ou pas.

29

Pendant le récit de Rémi, nous avions préparé ensemble dans la grande cuisine de quoi dîner : une salade de tomates à la buffala et un risotto aux fruits de mer avec une bouteille de rosé. Nous nous étions ensuite installés dehors sur la table à côté de la piscine pour savourer notre repas.

Éric attendit la fin des explications de notre ami, même si nos assiettes étaient vides. Il ne voulait rien manquer de l'histoire. Il se leva afin de ramener une bouteille de vin rouge et du fromage. Ensuite, je coupai les parts de tiramisu à table, chose que je n'aurais jamais faite en temps normal, prenant le temps de préparer le dessert en cuisine.

Quand j'entendis la discussion qui s'engageait, Éric et Pierre commençaient à envisager la possibilité d'un crime passionnel.

Rémi nous écoutait sans rien dire, un sourire amusé sur son visage. Je pense qu'à jouer aux détectives, on l'amusait.

De mon côté, je n'étais pas persuadée que le chef opérateur était coupable.

— Et que faisaient-ils tous les deux le soir du crime ?

— Ils ont mangé au restaurant de l'hôtel avec le reste de l'équipe qui était sur place, puis ils ont bu un coup au bar, toujours dans l'hôtel. Nous avons vérifié leurs dires auprès des personnes présentes et des caméras de l'hôtel et on les voit bien.

— Donc on n'est pas face à un crime passionnel ?

— Non, a priori, ce n'est pas le cas. En même temps, le *Golden Tulip* — c'est le nom de l'hôtel — est situé à

Valbonne et il ne faut que six à huit minutes pour venir ici. Il aurait pu disparaître sous un prétexte quelconque trente minutes et revenir. C'est un peu tiré par les cheveux, mais pas impossible.

— On peut quand même se dire que ce n'est pas la piste la plus évidente, non ?

— Oui, en effet.

— Du coup, on n'a pas des masses de possibilités. Vous avez pu vérifier l'alibi de la femme de Cédric ? Même s'ils se séparaient, elle aurait pu mal vivre la situation.

— On est en train de vérifier cela. D'après ce qu'elle dit, elle dînait dans un restaurant à côté de chez elle. On devrait en savoir plus demain.

Nous avions attaqué le dessert avec du limoncello. Une fois que Rémi eut terminé de nous raconter ses dernières avancées et demandé comment notre journée s'était déroulée, Éric regarda Pierre, mais voyant que celui-ci ne réagissait pas, il se lança :

— Pierre a un service à te demander dans un tout autre domaine, mais j'ai l'impression qu'il n'ose pas le faire.

Pierre voulut l'interrompre, mais Éric poursuivit, imperturbable :

— Il a vu un bateau qu'il suspecte être à l'origine de fouilles illégales sur une épave. Il n'en a pas la preuve formelle, mais connaître le propriétaire du bateau grâce à l'immatriculation de celui-ci pourrait peut-être aider à comprendre qui se cache derrière tout cela.

Rémi se tourna vers Pierre :

— Qu'est-ce qui te faire dire qu'il y a des chasseurs d'épaves sur le coup ?

— Ils sont à l'aplomb d'un site que je vais explorer demain avec Éric et Emma, et qui, je pense, contient une épave. Ils ne viennent que la nuit ou au petit matin quand il n'y a personne, le sable au niveau du site a été bougé. Ces indices me permettent de m'interroger, mais je n'ai aucune preuve et du coup, je ne veux pas prévenir la DRASSM sans avoir plus d'éléments.

— Et comment sais-tu tout cela ? Tu les as espionnés ?

— Oui, mais pour moi, ils n'ont pas pu s'en rendre compte, car j'utilise le bateau du club de plongée.

— Je vais regarder ton immatriculation. Je ne sais pas si cela va nous apprendre grand-chose, mais je vais regarder.

30

5e jour

Le temps était au beau fixe lorsque j'arrivai avec Éric et Pierre au club de plongée tôt le matin. Pierre m'avait rassurée m'expliquant que le site n'était pas profond — 25 mètres — et qu'il n'y avait pas de courant.

J'avais tout de même peur. Je n'avais jamais plongé à cette profondeur et je n'avais en théorie pas le droit de dépasser les 20 mètres. Cependant, ne voulant pas gâcher le moment, je choisis de ne rien dire. Éric était surexcité à l'idée de plonger avec son ami et de découvrir une épave.

Le bateau du club de plongée de Pierre nous amena sur les lieux situés à côté de l'île Sainte-Marguerite. Il avait emmené les plus grosses bouteilles qu'il avait et de quoi fouiller le site pour ramener quelques artefacts pour constituer un dossier probant pour la DRASSM. Comme nous voulions plonger le plus longtemps possible pour avoir le temps d'explorer les fonds de manière approfondie, Pierre avait laissé une bouteille d'oxygène à six mètres pour que nous puissions la partager, à la remontée, lors des paliers de décompression. Elle était attachée au bateau par une corde.

Une fois au fond, à ma grande surprise, je constatai que s'il faisait sombre, la visibilité était bonne, car l'eau était claire. Je compris immédiatement ce qui avait intrigué Pierre. Du sable avait manifestement été bougé. On avait voulu cacher quelque chose. Une émotion intense m'envahit. Mon cœur battait la chamade. J'entendis ma respiration s'accélérer. C'était incroyable ! Je commençais à croire notre ami. Je me forçai à calmer ma respiration pour éviter de consommer trop d'air, ce qui nous obligerait à remonter plus vite que prévu.

Un petit aspirateur à sédiments nous permit d'enlever délicatement le sable aux endroits où il avait été bougé. La couche de sable qui avait été mise là semblait fine et rapidement, nous avons pu voir les restes du haut d'une coque d'un bateau. Un endroit avait été davantage retourné. Une fois sur place, nos recherches commencèrent. Un premier artefact apparut, vingt minutes plus tard, alors que je commençais à perdre patience en voyant le temps passer.

L'eau a cet avantage de bien conserver des matériaux que l'on ne retrouve que rarement sur terre. Le bois en fait partie. J'identifiai ce qui ressemblait à une boîte, un petit coffre plus précisément. J'étais impatiente de le remonter pour le regarder attentivement et découvrir ce qu'il y avait dedans. Vu sa forme, j'imaginais qu'il devait contenir des pièces de monnaie ou des couverts. Mais ce n'était pas tout. Des céramiques furent ensuite découvertes : une jarre, deux pots, de la vaisselle ainsi qu'un autre coffret. Éric et Pierre, plus à l'aise que moi dans l'eau, répartissaient les objets dans des filets à trous en forme de sac à dos. Le navire semblait couché sur le flanc droit. Nous étions bien face à une belle épave. Pierre était aussi excité que moi. Il avait pris avec lui un appareil photo. Il fit un maximum de photos avant que nous ne prélevions ces quelques échantillons d'un site qui devait en contenir beaucoup plus. Nous n'avions pas cherché à quadriller le site comme nous aurions dû le faire. D'une part, nous n'avions pas pris de quoi le faire et d'autre part, les pilleurs s'empresseraient de détruire notre travail. Je n'avais plus aucun doute en regardant attentivement les lieux : cette épave faisait l'objet d'un pillage en règle la nuit.

Nous étions en train de nous préparer à remonter lorsque, soudain, l'ancre de notre bateau se mit à bouger. Je levai la tête, mais à cette profondeur, il était impossible de voir ce qui se passait au-dessus de nous. L'ancre se mit alors à remonter lentement.

Nous étions abasourdis. Quelqu'un était en train de voler notre bateau. Je vis les deux hommes échanger très vite par signes, puis Pierre remonter à toute vitesse vers la surface. Cela me paniqua complètement, car comme nous l'avait expliqué Pierre avec une précision chirurgicale rendue possible grâce à son ordinateur de plongée, nous allions rester sous l'eau pendant un peu plus de 45 minutes à vingt-cinq mètres et par conséquent, nous étions dans l'obligation de faire un palier de 5 minutes à six mètres de profondeur puis de 4 minutes à quatre mètres de fond pour des raisons de sécurité.

Pour moi, il était donc impossible de remonter comme une flèche en imaginant que nous aurions pu tenter d'arrêter les voleurs, ce qui à mon avis, à part nous mettre en danger, n'aurait pas été possible.

Éric me prit par le bras et me fit signe qu'on allait remonter jusqu'aux six mètres. Il fallait revenir vers la surface immédiatement, car nous allions devoir rentrer par nos propres moyens et nous étions déjà fatigués par la plongée.

Pendant ce temps-là, Pierre était redescendu après être resté une dizaine de secondes à la surface et nous attendait au palier de décompression.

Mon sang se glaça lorsque je réalisai qu'avec le bateau, notre bouteille d'oxygène pour faire notre palier à six mètres avait disparu. Mes deux compagnons étaient arrivés à la même conclusion que moi. Pierre vint regarder mon niveau d'oxygène. Il restait cinq bars et était plus bas que le leur et vu comment j'étais stressée, je devais consommer un maximum d'air. Pierre partagea son air avec moi. Puis nous nous stabilisâmes à trois mètres. Trente secondes plus tard, ma bouteille était vide. Je partageai mon air d'abord avec Éric et quand Pierre, qui surveillait le niveau d'air des bouteilles me le demanda, je pris son air. Une fois à la surface, je poussai un soupir de soulagement et les larmes me montèrent aux yeux. J'avais eu extrêmement peur. Mais je ne devais pas me laisser aller. Nous n'étions pas encore sortis de l'auberge.

31

Même si la situation était particulièrement préoccupante, les garçons avaient gardé avec eux nos trouvailles qui, heureusement, n'étaient pas lourdes. Il fallait que nous ayons des preuves de ce que nous avions vu. Nous étions tous les trois bons nageurs. Le site était à 400 mètres de la côte. Ce n'était pas à côté et nous étions fatigués, mais nous n'étions pas en danger et la mer était calme. Pierre récupéra tous les objets dans des filets. Sur le dos pour que les bouteilles qui étaient lourdes soient dans l'eau, nous avions palmé en prenant notre temps.

Après ce qui m'avait semblé une éternité, j'arrivai avec mes deux compagnons à bon port exténués, mais sains et saufs et c'était l'essentiel.

Sur l'île, il fut facile de prévenir la gendarmerie maritime puis Pierre appela Rémi pour lui raconter notre mésaventure.

— Avez-vous pu voir quel type de bateau vous a accosté et combien y avait-il d'hommes à bord ?

— On n'a rien vu du tout au moment où l'ancre a bougé. On était à 25 mètres de profondeur. On ne pouvait pas voir à la surface de l'eau. Mais je suis remonté à la surface quelques secondes pour regarder. Il s'agissait d'un hors-bord puissant avec deux hommes. Comme il y en avait au moins un sur mon bateau, cela signifie qu'ils étaient au moins trois, je dirai même plutôt quatre.

— Tu as pu voir quelque chose en remontant qui nous aiderait ?

— Oui. Le hors-bord possédait un gros moteur Suzuki.

Il leur donna ensuite l'immatriculation du bateau en précisant qu'il n'en était pas sûr. De mon côté, j'étais préoccupée par autre chose. Ne tenant plus, j'interrompis la discussion.

— Tu as pris un risque considérable en remontant à la surface sans faire de palier, non ?

— Oui et non. Oui, car il faut faire un palier, mais non parce que je ne suis resté que très peu de temps à la surface, je suis redescendu vous voir tout de suite après.

Rassurée de savoir qu'il ne risquait pas de faire un accident de décompression, je m'intéressais de nouveau à leur discussion. Pierre poursuivait d'une voix incrédule :

— Quel intérêt peut-il y avoir à voler un bateau de plongée ? Il est vieux en plus…

Pierre semblait particulièrement dépité. Il avait perdu son outil de travail alors qu'il ne valait rien. Il n'aurait jamais cru cela possible. Rémi était plus pragmatique.

— Tu as eu des menaces, il n'y a pas longtemps. C'est peut-être lié ? On a peut-être voulu vous tuer. Ou alors comme tu es tombé sur un site manifestement pillé, ce sont peut-être les pilleurs qui ont voulu te faire peur ?

Pendant que Pierre répondait aux questions de Rémi, je me réfugiai dans les bras d'Éric un moment. J'accusai le coup. Je me mis à pleurer. Je décompressais. Notre plongée aurait pu très mal finir si nous avions manqué d'air.

On m'apporta un chocolat chaud qui me fit le plus grand bien. Je me repris et, avec l'aide d'Éric, je réquisitionnai des récipients que je remplis d'eau de mer. Je pris le temps de lui expliquer ce que je faisais.

— Je vais déposer les objets que nous avons remontés dans de l'eau de mer afin qu'ils ne se dégradent pas au contact de l'air ambiant. Ils seront ensuite récupérés par la DRASSM qui les dessalera puis séchera dans des conditions permettant leur bonne conservation.

L'un des coffrets était mal fermé. Je l'ouvris délicatement et j'eus le souffle coupé. Je montrai son contenu à Éric.

32

— Punaise ! Contrairement à ce que je pensais, il n'y a pas des pièces dans cette boîte, mais des bijoux. Et, pas n'importe lesquels !

Je frottai délicatement l'un d'entre eux qui ressemblait à une broche cloisonnée et je pus admirer avec Éric des grenats et des rubis. Je pris dans mes mains une bague, une paire de fibules[6] en or et grenat, un collier en ambre et verre, un bracelet fin, une paire de boucles d'oreilles... Les bijoux allaient devoir être nettoyés, mais on voyait suffisamment de détails pour que même un néophyte comme Éric puisse les reconnaître facilement. Le coffret les avait protégés.

Je n'en revenais pas. Si j'étais aussi précise, c'est que je connaissais parfaitement ce type de bijoux. Je trouvais exactement les mêmes quand je fouillais mes tombes du haut Moyen Âge. C'était incroyable !

L'autre boîte était fermée. Je n'osais pas l'ouvrir de peur de l'abîmer. Je regardai les autres objets que nous avions remontés. Je pris un maximum de photos d'eux sous tous les angles avec l'appareil de Pierre.

Ravie de cette découverte bien que je sois toujours sous le choc, j'expliquai avec un pâle sourire ce que je comptais faire :

— Je confirmerai demain la période à laquelle ces objets ont été fabriqués en comparant les artefacts avec les chronotypologies de référence.

---

6. La fibule est une agrafe, une épingle pour retenir les extrémités d'un vêtement.

Je sentis que je perdais Éric avec mes explications. Je reformulai pour être plus claire.

— Quand un site est daté de manière certaine, tous les objets qui le composent sont recensés et associés à la période historique du site. Comme ça, si on trouve des objets semblables, on peut procéder à une datation relative, c'est-à-dire par comparaison.

Je n'étais pas sûre qu'Éric avait bien saisi ce que je lui disais. Prise d'une inspiration, je choisis de changer de vocabulaire.

— Je vais donc aller consulter des bases de données sur Internet et les comparer avec nos trouvailles.

Éric se mit à sourire. Il m'avait comprise.

Le fait de manipuler ces objets m'avait fait du bien. Je revenais à ma passion, dans un domaine que je maîtrisais. Éric ne se trompa pas quand il m'interrogea.

— C'est incroyable de tomber sur des objets que tu connais, non ?

— Il y a toujours eu du commerce le long des côtes méditerranéennes et des épaves de toutes les périodes jonchent les fonds de cette mer. Il y a donc des bateaux du Moyen Âge qui côtoient ceux de l'antiquité, de la renaissance ou de la Première Guerre mondiale… Mais je n'imaginais pas un instant avoir la chance de trouver des bijoux du haut Moyen Âge lors de ma première plongée en Méditerranée. C'est tellement improbable !

Je laissai Éric aller voir où en était son ami avec les forces de l'ordre et j'appelai une personne que connaissait Pierre à la DRASSM pour l'avertir de nos découvertes. Ils n'avaient pas le budget et les moyens disponibles pour entamer immédiatement des fouilles, mais j'espérais qu'ils pourraient mettre le site sous surveillance puis l'enfouir sous du sable dans les plus brefs délais pour le sauvegarder. Il fallait arrêter au plus vite ces pilleurs.

La gendarmerie maritime nous déposa à Antibes sur le ponton du club de plongée où nous pûmes récupérer nos affaires et notre voiture. Pierre savait que son bateau serait repéré dans les heures ou les jours à venir. Il ne savait pas, en revanche, dans quel état il allait le retrouver. Une fois de retour chez Éric, nous étions véritablement affamés. Je sortis des tomates bien mûres cueillies dans le jardin, du basilic frais et de la burrata, des linguines et Éric concocta un délicieux repas accompagné d'un verre de Barbaresco. Nous avions besoin d'un remontant après nos aventures.

Nous prîmes le temps de reparler de ce qui s'était passé. C'est Éric qui lança le sujet :

— Je ne comprends pas pourquoi on a volé ton bateau. C'était quoi le but ?

La réponse me semblait évidente.

— On a voulu nous tuer, je pense.

Je regardai Pierre.

— Nous avions bien le drapeau blanc et rouge sur le bateau qui indiquait que nous plongions, non ?

— Oui, en effet, le bateau arborait bien le pavillon alpha.

— Combien de bateaux de plongée sont-ils volés chaque année alors qu'il y a des plongeurs sous l'eau ?

— Je ne connais aucun cas de ce type. En plus, mon bateau est vieux !

Éric renchérit.

— Ils ont pris un risque considérable quand même, ils ont agi en plein jour.

Je repris la parole.

— Je ne peux pas m'empêcher de penser que ce sont les mêmes qui t'ont fait les menaces et qui ont fait cela. Dans les deux cas, c'est lié au club de plongée. Tu n'as eu ces menaces qu'après avoir découvert l'épave, n'est-ce pas ?

— Oui, en effet.

Éric était loin d'être aussi tranché que moi.

— Cela peut être lié à l'épave, mais cela peut aussi être lié au meurtre dans la piscine, si on part sur l'hypothèse que c'est toi qui étais visé et pas le réalisateur. Les personnes qui ont tué Cédric Romand ont dû s'apercevoir de leur erreur. Ce sont les mêmes qui ont envoyé les menaces. Ils ont décidé de s'en prendre à nouveau à Pierre. Autre possibilité, cela n'a peut-être strictement rien à voir avec la plongée, les menaces ou la mort du réalisateur. Rappelez-vous qu'Éric a engagé un détective et a fait ses propres recherches sur l'évacuation illégale des déchets. Ce sont peut-être ceux qui profitent de ce trafic juteux qui veulent te faire peur. Les bijoux sur l'épave représentent un fort enjeu, mais les déchets aussi.

Pierre semblait un peu perdu.

— Oui, cela peut être plein de choses en fait !

Éric acquiesça :

— Oui et je peux t'en donner d'autres. Le bateau a peut-être été juste volé sans autre justification. Peut-être par des jeunes qui ont fait un pari stupide ou par de vrais voleurs.

Je les regardai tous les deux.

— Et Rémi pense quoi de tout cela ? Il a bien dû vous dire quelque chose ?

— Non, pas vraiment. Il nous a surtout beaucoup écoutés.

— Vous ne lui avez pas demandé ce qu'il en pensait ?

J'étais estomaquée. Ils n'étaient vraiment pas curieux.

— Ben, non.

— On lui demandera ce soir quand il viendra nous voir.

Le fait de parler de Rémi réactiva ma curiosité toujours aussi forte. N'osant pas poser de questions directement à Rémi, j'interrogeai notre ami.

— Pierre, Rémi vient seul tous les soirs. Il est célibataire ? Il n'a pas d'enfants ?

Pierre botta en touche et me fit une réponse impossible à croire.

— Je ne sais pas. Il est très secret sur sa vie amoureuse et très impliqué dans son travail. Il ne m'en parle pas.

Je n'insistai pas et restai sur ma faim.

33

Je ne voulais plus penser à ce qui nous était arrivé. Mais avant de me changer les idées en passant l'après-midi à réfléchir sur mon futur roman moyenâgeux, je voulus dater de manière certaine mes trouvailles.

Je pus consulter par Internet les chronotypologies dont j'avais parlé à Éric. Elles me permirent de confirmer ma première impression. J'avais bien trouvé à mille kilomètres de chez moi des artefacts du haut Moyen Âge. C'était incroyable, mais vrai. J'envoyai un mail sur le sujet au correspondant de la DRASSM, puis je débutai mes réflexions littéraires tandis qu'Éric et Pierre faisaient une pétanque dans le jardin.

Je décidai de m'attaquer à mon héroïne. Il fallait lui donner vie. Rapidement, j'esquissai un portrait-robot. Elle serait petite, fine, avec des cheveux châtains et des yeux verts. Elle appartiendrait à l'aristocratie mérovingienne. L'intrigue se déroulerait donc entre 400 et 700 après Jésus-Christ. Elle serait une dame de compagnie d'une jeune aristocrate, ce qui lui laisserait une certaine latitude de mouvement. Elle aurait fait un riche mariage jeune et serait devenue veuve quelques années plus tard sans avoir eu d'enfant. Elle serait ensuite rentrée dans les ordres pour devenir abbesse.

Je notai de me documenter sur les abbesses au haut Moyen Âge… Peut-on être abbesse et dame de compagnie ? Comment s'habillaient-elles ?

Afin d'avoir des dialogues, l'aristocrate qui aurait son âge enquêterait avec elle…

Et puis pour le type de crime qui allait être commis, je pensais au poison, cela se faisait beaucoup à cette époque… Là aussi, il allait falloir creuser…

Je réalisai qu'écrire un roman à suspense historique nécessiterait pas mal de recherches…

J'en étais là dans mes élucubrations qui passaient du coq à l'âne lorsqu'Éric ouvrit doucement la porte de la chambre où je m'étais réfugiée pour réfléchir au calme.

— Désolé de te déranger, mais Rémi est arrivé. Si tu veux partager une bière et l'écouter nous raconter son résumé du jour, tu viens quand tu veux.

— Il est quelle heure ?

— 19 heures.

— Déjà ?

J'avais du mal à croire que le temps était passé si vite. Je m'étais enfermée à 15 h 30. Cela faisait déjà trois heures trente que je griffonnais et faisais des recherches Internet. Que le temps était passé vite !

— J'arrive tout de suite. Le temps de ranger mes affaires et je suis avec vous.

34

Je rejoignis mes trois acolytes cinq minutes plus tard. Ils s'étaient mis en maillot de bain et avaient une bière à la main dans la piscine. Je me mis à rire en les voyant. Ils promirent de m'attendre pour boire le temps que je me change ce qui ne me prit que quelques minutes.

Une fois dans l'eau et après avoir trinqué, notre sujet fut abordé : l'enquête sur la mort mystérieuse et criminelle de Cédric Romand. Tout un programme.

Rémi nous partagea l'évènement majeur de sa journée. Il avait auditionné Dominique Echtebar dans la chambre d'hôtel qu'avait occupée Cédric Romand. Rien de tel pour raviver les souvenirs que de mettre les témoins en condition.

« Le régisseur était mal à l'aise. Il devait se rappeler les derniers moments qu'il avait passés avec Cédric et cela devait l'attrister. Il devait aussi se remémorer l'altercation que le réalisateur avait eue à l'endroit précis où ils se tenaient.

— Monsieur Echtebar, vous vous doutez bien de la raison pour laquelle je vous ai demandé de venir ici ?

— Oui, j'imagine que vous voulez que je vous raconte ce qui s'est passé entre Cédric et Benjamin ?

— Vous imaginez bien !

— Vous devez savoir que Benjamin a surpris sa femme en train de le tromper avec Cédric.

— Oui.

— *J'étais dans ma chambre quand c'est arrivé. Je faisais une sieste. J'ai été réveillé par des cris. Je m'apprêtai à sortir dans le couloir pour voir ce qui se passait lorsqu'un des assistants a frappé à ma porte, affolé. Il m'a mis au courant de la situation. J'avoue avoir eu peur pour Anne-Laure. Je me suis précipité dans la chambre. Elle a pu alors partir. Je me suis ensuite enfermé avec Benjamin pour le calmer.*
— *Qu'est-ce qui s'est passé ensuite ?*
— *Nous avons parlé. Dans les faits, il savait que sa femme le trompait depuis un moment. Il n'était pas dupe et il avait eu confirmation de sa croyance par une indiscrétion d'un cadreur. Mais il n'avait jamais imaginé que ce serait avec celui qu'il considérait comme un ami proche. Il m'a annoncé qu'il allait se séparer de sa femme.*
— *Comment se sont déroulées la soirée et la journée du lendemain ?*
— *On a fait en sorte qu'ils ne soient jamais seuls ensemble. J'ai pris une chambre pour Anne-Laure. J'ai demandé aux deux amants de ne pas se voir tant que le film n'était pas terminé. Ils ont compris que c'était une bonne idée ou qu'il faudrait trouver un nouveau chef op ou une nouvelle chef déco. Quand on connaît le coût d'une journée de tournage, ce n'était pas envisageable à moins d'avoir quelqu'un sous la main, ce qui n'était pas le cas. Chacun a été professionnel, même si l'ambiance était plombée, comme on peut se l'imaginer.*
— *Pour vous, il n'y a pas eu d'autres altercations ?*
— *Non, pas à ma connaissance. »*

Rémi me regarda, puis regarda Éric. Je secouai la tête.
— Y a un point qui me chiffonne. Pourquoi a-t-il réagi aussi fort s'il savait ?
Rémi nous proposa plusieurs pistes de réflexion.

— Peut-être que sa femme ne savait pas qu'il était au courant. Le fait de les voir ensemble a dû atteindre son ego. Il a voulu lui faire mal, j'imagine. Il ne fallait pas qu'elle puisse s'imaginer qu'il acceptait la situation ou alors le fait d'être mis en face de la réalité et que ce ne soit plus quelque chose d'abstrait l'a rendu fou furieux.

Éric invita Rémi à rester manger avec nous et il accepta. Pierre lui demanda s'il avait eu des nouvelles de l'alibi de l'ex-femme du réalisateur.

— Oui, c'est vrai que j'ai oublié de vous le dire. Son alibi a été confirmé. Elle a bien mangé avec des amis dans un restaurant à Versailles, elle est donc complètement hors de cause.

Moi aussi, je posai alors ma question.

— Pourquoi, d'après toi, a-t-on volé le vieux bateau de Pierre ?

— Nous avons imaginé plusieurs raisons qui auraient pu expliquer le vol du bateau. Je voulais savoir ce que toi, le professionnel, tu en pensais.

— À quelles pistes pensez-vous ?

Nous lui racontâmes nos élucubrations. Il sembla d'accord avec les différentes possibilités que nous lui avions présentées.

— La solution la plus évidente est souvent la bonne. Si j'applique cette méthode, je dirais que ce vol est lié aux fouilles illégales. On a voulu vous faire peur pour que vous ne découvriez pas ce qu'il y avait sur ce site. Après, le fait que tu aies reçu des menaces est également une piste des plus prometteuses.

Quelques instants plus tard, alors que nous dégustions notre dessert — une tropézienne — acheté à la pâtisserie du coin, je me jetai à l'eau.

— Tu sais beaucoup de choses sur nous, Rémi, mais nous ne savons pas grand-chose sur toi.

Rémi me regarda en souriant.

— Et comme tu es particulièrement curieuse, tu te poses beaucoup de questions. Que veux-tu savoir ?

— Où habites-tu ?

— Dans une petite maison à Châteauneuf, dans l'arrière-pays. C'est à une dizaine de minutes d'ici dans un petit village où je suis tranquille, loin de la foule avec une vue sur la mer incroyable.

— Tu es en couple ?

— Non, je suis célibataire depuis un an. La personne avec qui j'étais a rompu, car elle trouvait que mon travail était trop important pour moi. Elle m'a reproché de ne pas être assez là. Elle en avait assez d'être tout le temps seule et a décidé d'en rester là lorsqu'elle a réalisé que je ne changerai pas.

— Vous étiez ensemble depuis longtemps ?

— Deux ans.

— Tu as des enfants ?

— Non. Pas d'enfants. Et avec mon métier, je me dis qu'être sans attache est une bonne idée. On verra bien ce que l'avenir me réservera, mais je suis bien comme ça. On va arrêter les questions pour ce soir. D'accord ?

Je ne pus m'empêcher de rougir et évidemment, j'acquiesçai.

— Je ne voulais pas me montrer indiscrète.

Rémi me fit une moue me démontrant le contraire. Je me le tins pour dit.

35

6e jour

Câline nous fit l'honneur à tous les deux d'un réveil des plus dynamiques. Prise de folie, elle s'attaqua à nos cheveux qu'elle mordilla. Éric put apprécier à sa juste valeur cet instant de partage dont j'avais été la seule à bénéficier jusqu'alors. Il était devenu aussi son ami. Nous étions encore au lit, mais une fois bien réveillée, je ne pus attendre davantage avant de lui confier mes pensées de la nuit.

— Éric, il faut convaincre la mère de Pierre de nous raconter la vraie histoire des pots-de-vin. Cela pourrait beaucoup nous aider. C'est pareil pour Yohan. Ils sont forcément au courant tous les deux. Si on leur raconte ce qui s'est passé lors de la plongée, ils ne pourront que nous aider, non ?

Éric, habitué à mes conversations assez déroutantes du matin, ne marqua aucun moment de surprise. Il me répondit comme s'il était normal dès le réveil, alors qu'on est encore allongé sous la couette, de parler de malversations financières et de vol de bateau :

— Parce que tu crois que le vol du bateau est lié à *Atout-déchet* ?

— Après mes réflexions nocturnes, oui. Pas toi ?

— Moi, je partirais plus sur la piste des pilleurs d'épave. On les dérangeait. Ils ont voulu nous faire peur. Ils devaient surveiller les lieux à distance. Ils ont peut-être vu que cela faisait plusieurs fois que Pierre venait. Ce serait une drôle de coïncidence qu'au moment où l'on est sur ce site, on nous vole le bateau parce que Pierre gêne le bon fonctionnement d'*Atoutdéchet*, non ?

— Oui, c'est une belle coïncidence, mais ce n'est pas impossible.

— En effet.

J'eus une illumination.

— Ou alors les deux affaires sont liées.

Éric me regarda comme si j'étais devenue folle.

— Alors ça, il va falloir que tu m'expliques.

Évidemment, je n'avais pas la solution. Mais je me promis d'y réfléchir.

Pendant que je me douchais, Éric discuta avec Pierre sur la terrasse avec une tasse de café. Quand je revins les voir, ils semblaient en désaccord. Avant que je ne puisse poser la moindre question, ils me prirent à partie. Pierre argumenta tout de suite.

— Ma mère m'a dit qu'elle ne savait pas. Retourner la voir en lui disant qu'elle doit me dire la vérité sous-entend quand même que je l'accuse de m'avoir menti, non ?

Éric commençait à monter dans les tours. Cela devait bien faire vingt minutes qu'ils discutaient, car j'avais pris le temps de me laver les cheveux et d'essayer plusieurs combinaisons de shorts et tee-shirts seuls vêtements portés ici si on excluait le maillot de bain. Je vins à son secours.

— Tout est une question de présentation, tu sais. Oui, tu peux lui dire qu'elle t'a menti, mais tu peux aussi commencer par lui expliquer que tu as été victime de menaces et que là, tu as failli y rester avec deux de tes amis.

— Tu exagères, on était loin d'être à l'article de la mort…

Je le coupai, agacée. À moi aussi, la moutarde me montait au nez.

— Tu rigoles, j'espère ! On n'avait pas assez d'oxygène pour remonter, on a dû partager nos embouts. On a failli mourir ! Mais tout allait bien ! Une promenade de santé ! Ils nous ont volé le bateau ! On était en mer ! On s'est retrouvé sans rien !

Mon ton montait dangereusement. L'attitude de Pierre qui tentait de tout minimiser tout le temps commençait à me porter sur les nerfs. Il dut le sentir, car il s'excusa.

— Pardon. Je comprends ton point de vue. Je suis d'accord avec toi, oui on a essayé de nous tuer. Je t'avoue que je n'ai pas envie d'affronter ma mère.

Éric fit une proposition qui m'étonna beaucoup tant il détestait les situations conflictuelles.

— Le mieux est de faire une réunion avec ta mère, ta sœur et son mari. On sera avec toi et on déballera tout. Il faut creuser cette piste, c'est certain. Mais, il faudra aussi creuser celle des pilleurs d'épaves.

Je le regardai, amusée.

— Et tu comptes faire comment ?

Éric ne se laissa pas démonter.

— On verra quand Rémi nous aura ramené le nom du propriétaire du bateau.

Il tourna la tête vers Éric.

— En attendant, peux-tu appeler ta mère pour lui dire que je serai ravi de venir prendre un apéro chez elle, depuis le temps qu'on ne s'est pas vus, et en profiter pour lui présenter Emma ?

Pierre secoua la tête, mais comprit que nous étions ligués contre lui.

36

À la grande surprise de Pierre, Michèle fut enchantée à l'idée de revoir Éric. Elle nous apprit qu'Anne et son mari déjeunaient chez elle le midi et nous proposa de passer avant le déjeuner.

Dès notre arrivée dans son grand appartement à Mougins, l'apéritif nous attendait dans la salle à manger. Elle ouvrit une bouteille de champagne et leva son verre en l'honneur du passé. Avec dix minutes de retard, la sœur de Pierre et son mari arrivèrent à leur tour. Je ne sais pas si c'était parce que nous étions là ou si parce que la mère de Pierre était l'organisatrice de cette petite fête, mais il semblait y avoir un cessez-le-feu dans la famille avec l'arrivée d'Éric dont tout le monde semblait avoir gardé un excellent souvenir.

Chacun évoqua de vieux souvenirs communs qui me permirent d'apprendre qu'Éric n'avait pas toujours été sage, qu'il avait vomi dans un bus à la suite d'une beuverie, qu'il avait crevé les pneus de son pire ennemi, s'était mis tout nu dans une boîte de nuit et avait eu deux copines en même temps. Le temps de raconter tout cela, une deuxième bouteille avait été débouchée. Éric aborda alors le vrai sujet de notre visite.

Nous avions décidé ensemble que ce serait Éric qui parlerait et non Pierre. Comme ça, Pierre ne se fâcherait pas avec sa famille et ne serait pas mal à l'aise.

— Êtes-vous au courant de nos mésaventures depuis notre arrivée ?

Michèle répondit immédiatement.

— Tu veux parler de l'assassinat du réalisateur dans la piscine de mon fils, le lendemain de votre arrivée ?
— Oui et de la suite…
— Difficile de ne pas le savoir, les journalistes en ont parlé plusieurs jours dans Nice-Matin.
Éric en rajouta un peu.
— Nous pensons avec les enquêteurs que ce n'était pas le réalisateur qui était visé, mais bien Pierre.
Michèle éclata de rire, mais ce fut la seule.
— Tu plaisantes ? Ils ne disent pas ça dans les journaux.
Anne la coupa.
— Tu trouves qu'il a une tête à plaisanter, là ?
Michèle se figea. Elle regarda son gendre.
— Ce n'est pas une plaisanterie ?
— Je suis aussi surpris que toi.
Yohan était un peu pâle et semblait vraiment étonné. J'étais persuadée que si le réalisateur avait été tué par erreur, il y était pour quelque chose. Le voir dans cet état m'interpelait. Il reprit.
— Qu'est-ce qui vous fait penser cela ?
— Déjà, comme vous le savez déjà, Pierre a reçu des menaces qui se sont révélées de plus en plus sérieuses. Elles ont d'abord été envoyées sur le mail de son club de plongée, puis sur son mail personnel. Ensuite, ses pneus ont été crevés.
— Donc la police pense que tu étais visé parce que tu n'avais pas écouté les menaces.
— Oui.
— Mais que disaient exactement ces menaces ?
Pierre prit enfin la parole.
— Je vous en ai déjà parlé. Elles n'étaient pas précises, mais sont arrivées juste après que je vous ai annoncé que j'avais pris un détective pour comprendre comment était organisé votre petit trafic de déchets. C'est une belle coïncidence, n'est-ce pas ? Or, les enquêteurs ne croient pas aux coïncidences.

Le mari d'Anne semblait très surpris. Soit il simulait parfaitement, soit il tombait effectivement des nues. Avait-il peur d'être mis en accusation ? Je ne savais pas quoi en penser. En tout cas, de pâle, il était passé à rouge écarlate.

— Comme je l'ai déjà dit, je n'ai rien fait et j'ai encore moins voulu te tuer parce que tu avais engagé un détective.

Anne était devenue toute blanche, en revanche. Réalisait-elle que son mari était potentiellement quelqu'un qui pourrait être accusé d'avoir essayé de tuer son beau-frère ? À l'idée que ce soit vrai, j'eus un haut-le-cœur, tant c'était glauque. On se serait cru dans une scène de théâtre dramatique.

— Vous avez quand même réagi de manière excessive quand je vous ai appris que j'avais engagé quelqu'un pour comprendre ce qui se passait.

Anne regarda son frère d'un air venimeux.

— Oui. Tu as fait ça sans me prévenir, dans mon dos et je trouve cela inacceptable.

Je trouvais Anne particulièrement de mauvaise foi. Évidemment qu'il ne l'avait pas prévenue. S'il l'avait fait, Yohan aurait arrêté quelque temps son petit manège et aurait repris, ni vu, ni connu, ensuite. Mais en plus, Yohan savait parfaitement qu'il y avait un problème puisqu'il n'avait pas été capable de lui expliquer des irrégularités qui avaient été découvertes dans les comptes de l'entreprise. Il se doutait bien que Pierre n'en resterait pas là, quand même !

Pierre ne releva pas la remarque désagréable de sa sœur. En faisant un effort pour prendre du recul, je dus admettre qu'il n'avait pas tort. Engager une nouvelle conversation sur ce sujet ne ferait pas avancer notre affaire, loin de là. Ils étaient tous les deux déjà bien assez braqués comme cela.

Voulant recentrer notre discussion, Éric reprit les choses en main, obtenant l'attention de tous.

— Mais ce n'est pas tout. Nous avons eu tous les trois un autre problème. Nous avons fait de la plongée sous-marine et alors que nous étions à plus de vingt mètres de fond, notre bateau a été volé.

Michèle ne put retenir un cri de surprise.

— Ce n'est pas possible !

— Si ! Et nous avons failli manquer d'oxygène, car une bouteille de gaz avait été mise en réserve pour notre palier de décompression à six mètres de fond et elle était attachée au bateau. On a voulu nous tuer !

Anne et Yohan se regardèrent complètement interdits. J'eus l'impression bizarre qu'ils nous cachaient quelque chose, mais qu'ils découvraient la situation. Je n'arrivais pas à savoir si c'étaient de bons comédiens ou pas.

Anne prit la parole.

— Et vous pensez que le vol du bateau est lié avec le meurtre du réalisateur ?

La regardant droit dans les yeux, je lui répondis :

— C'est ce que nous aimerions savoir.

Michèle me demanda alors :

— Comment pourrait-on le savoir ?

— L'entreprise est mêlée à un trafic de déchets illégal et de pot-de-vin. Nous aimerions savoir avec qui elle traite.

Michèle riposta immédiatement :

— J'ai déjà répondu à Pierre à ce sujet. Je ne suis au courant de rien.

Je réagis tout aussi vite :

— Oui, nous savons que c'est ce que vous lui avez dit, mais l'enjeu est différent cette fois-ci. Si nous avons raison, on a essayé de tuer votre fils à deux reprises.

J'insistai. Il fallait la convaincre.

— Et de nous tuer par la même occasion. Nous ne sommes plus dans la même situation tout de même !

Mon regard se porta sur Michèle puis sur Yohan et enfin sur Anne.

— Peut-être que Michèle avait appris qu'il y avait des fraudes sans connaître les partenaires de son ex-mari. Imaginons ! Mais toi, Yohan, tu sais parfaitement avec qui tu traites. Le fait qu'un détective enquête aurait pu leur déplaire, non ?

C'était bien là notre problème, nous avions la preuve qu'il y avait des déchets qui n'étaient pas retraités dans les bonnes filières, mais nous ne connaissions pas les donneurs d'ordre et Yohan le savait parfaitement. Il planta son regard dans le mien avant de me lâcher :

— Tu n'as rien compris. Il n'y a pas de donneur d'ordre. C'est Alain, le père de Pierre, qui en a eu l'idée. Pour se faire de meilleures marges, on nous vend des déchets à un bon prix et on les retraite ensuite à bas coût.

Pierre lui coupa la parole.

— Tu nous mens pour protéger les personnes avec qui tu travailles. Ce n'est pas ce qu'on a vu dans les comptes. Si des marges importantes avaient été réalisées avec certains clients, les résultats auraient été meilleurs. De plus, tous les déchets qui sont traités par des sociétés comme *Atoutdéchet* sont suivis avec des bordereaux, des registres et des déclarations. Si une société te donne cent kilos de déchets, tu dois pouvoir prouver que tu en as retraité cent kilos dans la filière de retraitement déclarée.

Je constatais que notre ami Pierre avait, l'air de rien, bien travaillé son sujet. Ce qu'il disait était très intéressant. Je tentai de tirer les conclusions qui s'imposaient.

— Donc soit les déchets ne sont pas déclarés à leur sortie d'entreprise et ne le sont nulle part, soit les déclarations des entreprises sont volontairement fausses, soit les filières de retraitement sont dans la boucle. On est d'accord ?

Yohan perdit alors son sang-froid.

— Suis-je le seul à trouver cette discussion hallucinante ?

Il regarda sa femme et sa mère.

— Cela ne vous choque pas que nous parlions de la société et de son fonctionnement devant des inconnus ? Pourquoi ne réagissez-vous pas ?

Pierre l'interrompit avant que l'une des deux femmes n'ait le temps de réagir.

— Ce ne sont pas des inconnus, mais mes amis. Je leur fais confiance et c'est pour cela que je leur ai tout raconté. On a essayé de nous tuer et je pense vraiment que cela a un lien avec *Atoutdéchet*. J'ai préféré que ce soit Éric et Emma qui vous en parlent, car me retrouver dans une telle situation est très choquant pour moi. Envisager que des personnes de ma famille puissent vouloir me tuer…

Sa voix se brisa et il ne put finir sa phrase.

Aucune des trois personnes face à nous n'eut le toupet de lui répondre. Après un long moment sans un mot, je repris la parole d'une voix calme.

— La question que nous devons nous poser est la suivante : dans quel cas est-il possible de faire cette fraude sans que des tiers soient dans la boucle ?

Un lourd silence me répondit.

— Votre réponse est importante, car il en va de notre sécurité et je suis certaine que vous ne souhaitez pas que l'un de nous ait un accident mortel, n'est-ce pas ?

Voyant qu'ils ne réagissaient pas davantage, je choisis de clore le débat.

— Je vous laisse y réfléchir tous les trois.

Je regardai mes acolytes.

— Je pense que nous avons largement assez abusé du temps de Michèle.

Je fis un sourire à cette dernière et continuai poliment :

— Un grand merci pour cette charmante réception et votre délicieux apéritif, mais nous allons y aller.

Je me tournai vers Pierre.

— J'aimerais que nous allions sur la tombe de ton père. Un moment de recueillement sera le bienvenu pour nous inspirer.

Michèle, sa fille et son beau-fils me contemplèrent complètement interloqués.

Une fois dehors, Éric m'attrapa par le bras.

— Qu'est-ce que c'est que cette sortie finale ?

— Tu crois quoi ? Ils sont de mèche. Ils ont peur.
— Qui ?
— Ta mère et ton beau-frère. Ta sœur me semble toujours un peu en dehors des clous, plutôt à l'écoute de son bien-être personnel et sa librairie qu'à la recherche de profits illégaux, donc pour le moment, je l'exclus.

Pierre me fixa :
— Et le rapport avec mon père ?
— Si ta mère est de mèche et qu'elle ne veut rien dire alors que potentiellement tu es en danger, c'est que ton père a été assassiné, j'en suis certaine.
— Comment ça ?
— Elle doit savoir de quoi ils sont capables.

Pierre se tourna vers moi.
— T'es un peu parano, non ? Tu ne trouves pas que tu vas trop loin ?

Je sentis la moutarde me monter au nez. Pierre était vraiment dans le déni.

— Je ne sais pas. On a essayé de te tuer, on t'a volé ton bateau, on t'a menacé de mort, mais tout va bien. J'ai parlé de ton père, car je voulais qu'ils sachent que je ne suis pas dupe. Il n'a pas eu un accident et ils le savent. Tu peux continuer avec Rémi à penser que le réalisateur a été tué pour de bonnes raisons, mais je n'y crois pas et l'attitude de ta famille me conforte dans mes convictions. Ils auraient dû s'inquiéter et nous donner toutes les informations en leur possession et ils ne l'ont pas fait.

37

Une fois à Roquefort, Éric nous regarda avec un air bizarre. Je le trouvai tellement étrange que je l'interrogeai :
— Qu'est-ce qui se passe Éric ?
— J'ai fait quelque chose de pas bien tout à l'heure. Je ne pense pas comme toi qu'ils sont forcément responsables de ce qui s'est passé pour l'assassinat du réalisateur, mais je suis d'accord sur le fait qu'ils nous cachent quelque chose.
Pierre haussa les sourcils et demanda :
— Tu as fait quoi ?
— J'ai laissé un petit micro dans la salle à manger…
Je ne pus m'empêcher de rire. Décidément, Éric avait gardé de mauvaises habitudes depuis nos mésaventures à Suresnes[7]. Je répétai, incrédule, ma question.
— Tu as fait quoi ?!
— Oui, le meilleur moyen de savoir ce qu'ils nous cachent, c'est de les entendre parler de nous après notre départ. Pour ça, un petit micro peut s'avérer efficace et ils ont dû avoir des choses à se dire après ce que nous leur avons asséné.
J'avais l'impression qu'on perdait Pierre. Il était complètement interdit. Éric le sentit également.
— Nous n'écouterons cette discussion que si tu le souhaites, Pierre. C'est ta famille et je n'avais pas le droit de faire cela. Je ne t'en ai pas parlé parce que je ne savais pas si tu serais d'accord, mais si nous voulons avancer sur ce qui se

---

7. Cf. Une Rue si Tranquille de la même auteure

trame chez *Atoutdéchet*, il faudra passer par des moyens détournés.

Pierre hésita quelques instants avant de nous donner son accord.

— Tu as raison, nous allons le faire. Après tout, ils ne sont pas loyaux envers moi. Cela fait plusieurs fois qu'on leur demande ce qu'il en est et qu'ils bottent en touche. Oui, tu as raison, il faut arrêter d'avoir des scrupules.

— Alors, allons-y.

Éric alla chercher son ordinateur pour que nous puissions écouter l'enregistrement qu'il avait déclenché dès notre départ avec son téléphone portable.

Michèle avait ouvert la conversation d'un ton outré.
— Elle s'appelle comment la pimbêche d'Éric ?
Anne lui répondit d'un ton morne.
— Emma, Emma Latour plus précisément.
— Elle se prend pour qui pour poser toutes ces questions ?
— Elle est curieuse, c'est sûr. Mais on s'en fiche, on n'est pas obligés de lui répondre et on ne lui a pas répondu.
Yohan s'énerva.
— Je comprends bien et on a bien fait, elle n'a pas à se mêler de nos affaires tout comme Éric d'ailleurs.
Michèle, qui semblait avoir un petit faible pour Éric, tempéra les propos de son gendre.
— Lui, c'est différent, on le connaît.
— Tu le connaissais, tu veux dire. Tu ne l'as pas vu depuis quand ?
Michèle ne répondit pas à son gendre. Yohan poursuivit :
— Après je ne comprends pas toutes ses insinuations. Il n'a jamais été question de tuer ou d'essayer de tuer Pierre ou ses amis. Qu'est-ce qui leur fait penser ça ? Ils ne savent

pas pour Alain de toute façon, et puis on pense savoir, mais on n'a pas de preuves.

Michèle regarda son gendre.

— Je ne leur ai pas parlé. Je ne leur parle plus depuis des années. Et toi ?

— Je ne leur ai pas dit au sujet du détective et je leur ai raconté qu'on avait la situation bien en main. Je leur ai demandé s'ils voulaient faire une pause pendant quelque temps pour plus de sécurité et ils m'ont dit non.

— Ils n'ont pas de solution. Si tu arrêtes de travailler avec eux, ils perdent la poule aux œufs d'or. Je comprends bien qu'ils veulent continuer. J'espère qu'ils n'ont pas eu suffisamment peur pour vouloir s'assurer par eux-mêmes qu'il n'y aurait pas de problème.

— Non, je n'ai pas été alarmiste. Je ne peux pas croire qu'ils auraient fait quoi que ce soit sans me prévenir.

— Bon, il faut les surveiller tous les trois, qu'ils ne fassent pas n'importe quoi. Si la police pouvait faire son travail et retrouver le meurtrier, cela nous permettrait de tous nous détendre. Je ne voudrais pas qu'ils leur arrivent ce qui est arrivé à Alain.

38

J'écarquillai les yeux. Ainsi Michèle savait comment son ex-mari était mort et ce n'était visiblement pas d'un accident. Pierre était figé. Il attendait la suite des révélations.

Yohan poursuivit sa discussion avec sa belle-mère :
— Tu sais très bien pourquoi ils en sont arrivés là avec lui.
— Justement et c'est ce qui m'inquiète. Ils ne nous ont pas prévenus avant, mais ils nous ont bien fait comprendre qu'ils nous arriveraient la même chose si nous les gênions.
— Mais nous avons envie de travailler avec eux, ce n'est pas la même situation.
— Quand Alain a été tué, nous n'avons rien pu dire. Certes, nous n'avions aucune preuve, mais cela a été terrible pour moi de ne pas pouvoir faire part de mes soupçons aux enquêteurs.
Anne intervint alors.
— Tu aurais pu.
— Tu sais très bien que non. Si j'avais parlé, ils s'en seraient pris à toi ou à Yohan ou à Pierre. Ils nous tenaient. Même les enquêteurs leur étaient inféodés. Or, là, Éric les gêne avec toutes ses questions et son enquête. Le fait que tu leur aies dit qu'il posait des questions sur le trafic a dû les faire sacrément monter en pression. Ils savent que Pierre veut céder ses parts ?

— Non, je le répète, je ne leur ai pas dit.
— Tant mieux parce que cela les aurait énervés encore un peu plus.
— En effet, mais nous avons toujours fait ce qu'ils voulaient. Ils savent que nous sommes coopératifs. Ils savent qu'ils peuvent nous faire confiance pour que la situation reste sous contrôle, non ?

Un silence accueillit ses paroles, puis ils parlèrent d'autre chose.

Choqué, Pierre comprenait que son père avait bel et bien été assassiné et que sa famille connaissait l'assassin et n'avait rien fait. Malheureusement, aucun nom n'avait été prononcé et aucune piste ne leur permettait de récupérer des preuves.

Sur ces entrefaites, Rémi arriva pour sa nouvelle soirée avec nous. Sans lui laisser le temps d'en placer une, Pierre lui raconta notre entrevue et Éric lui fit écouter la conversation qui s'était tenue ensuite. Rémi nous expliqua que cet enregistrement ne pourrait pas être utilisé dans le cadre d'un procès, mais il en fit quand même une copie estimant que cela pourrait les aider dans leur enquête.

Il nous parla ensuite de l'avancée de ses investigations du jour.

— Nous savons maintenant qui est le propriétaire du bateau que tu as repéré sur le site. Il s'agit d'un entrepreneur dans le BTP qui s'appelle Francesco Baresco.

Pierre le coupa.

— Ce nom me dit quelque chose.

Il réfléchit un instant.

— C'est quelqu'un de local, n'est-ce pas ? Je me demande s'il n'était pas dans le même lycée que moi. Plutôt beau gosse.

— Oui, tu as raison. Il est du coin. Tu l'as connu jeune ?

— Non, mais je me demande si ma sœur ou l'une de ses copines ne l'a pas eu dans sa classe. Le monde est petit, n'est-ce pas ?

— Je ne sais pas comment il était lorsqu'il était adolescent, mais maintenant, le personnage est devenu on ne peut plus louche. Il a déjà été mis en cause pour coups et blessures, fraude fiscale, abus de biens sociaux et extorsions de fonds. Chaque fois, il a été très bien conseillé. Il y a eu des accords passés ou des mises à l'épreuve où les accusations sont tombées pour vice de forme ou de procédure. Il n'a plus le droit d'être mandataire donc président ou directeur général ou gérant d'une société, mais il continue à avoir des participations importantes dans certaines d'entre elles dans le BTP. Suffisamment importantes pour qu'il y ait une influence notable. Il y a en ce moment une enquête en cours le concernant pour blanchiment d'argent.

Je ne comprenais pas.

— Et quel serait le rapport avec le pillage d'une épave ?

— Il est à l'affût de toutes les combines pour se renflouer. Comme il est surveillé et qu'il ne peut plus faire grand-chose, essayer de caser au marché noir des artefacts qui semblent être de grande valeur doit lui sembler une activité intéressante. Il a dû prêter son bateau à des plongeurs qui lui amènent les objets, car à notre connaissance, il ne plonge pas.

— Et tu as aussi récupéré des informations sur le hors-bord qui a amené les hommes qui ont volé le bateau de Pierre ?

— Non, on a un problème avec l'immatriculation. Soit elle est fausse, soit Pierre a mal vu.

S'adressant à lui, il lui demanda :

— As-tu des informations complémentaires qui nous permettraient de localiser ce bateau ?

— Oui. Il était bleu marine avec des cannes à pêche. Il avait quatre moteurs à l'arrière et ils sont partis vers Antibes.

Pierre réfléchit encore un instant. Il essayait de se souvenir du moindre détail.

— Il y avait aussi un dessin jaune sur le côté bâbord du bateau, mais je n'ai pas pu voir ce que c'était.

Rémi semblait ravi.

— Avec ça, on devrait limiter le champ des recherches et le retrouver rapidement. Mais j'ai une très bonne nouvelle à vous annoncer. On a retrouvé ton bateau Pierre !

Pierre eut un pâle sourire, comme nous, il était sacrément secoué par ce qui venait de se passer. Il n'arrivait pas à sauter de joie comme il aurait dû le faire normalement.

— Je suis vraiment content même si je ne le montre pas. Mais j'y tiens à mon vieux rafiot. Il est dans quel état ?

— Pas trop abîmé. Il est en train d'être examiné par la police scientifique. Nous allons te le rendre très vite.

— Super ! Pourquoi ne pas nous avoir dit cela en arrivant !

— En fait, vous ne m'en avez pas laissé la possibilité ! Vous aviez énormément de choses à me raconter !

39

7e jour

Sylvie écoutait Pierre au téléphone. Il lui racontait son horrible journée et elle était très mal à l'aise. Ils s'appelaient ou s'envoyaient des messages régulièrement. Elle n'était pas censée connaître l'existence de l'épave. Il était persuadé de lui annoncer un scoop. Or, elle était au courant depuis sa première plongée sur les lieux avec Julien.

Julien, qui avait du mal à tenir sa langue et qu'elle connaissait depuis plusieurs années, lui avait partagé son secret alors qu'elle discutait de Pierre avec lui. Ils étaient sur la terrasse de café, au port d'Antibes, pas loin du club de plongée. Ils s'entendaient bien tous les deux. Elle le considérait comme un confident.

Elle n'avait pas le moral, ce jour-là.

— *Je ne suis qu'une bonne copine pour lui. Il n'envisage pas un seul instant que notre relation puisse évoluer vers quelque chose de différent.*

— *Cela fait un moment que tu me parles de ta situation avec lui. Tu lui as dit que tu aimerais qu'elle évolue ?*

— *Je lui ai fait comprendre, oui.*

— *Super ! Tu sais, il n'est pas devin. Quand tu me dis que tu lui as sous-entendu, cela me fait penser à un message codé. Tu ne lui as pas partagé tes sentiments, n'est-ce pas ?*

— Je n'ai pas été directe. Nous sommes amis depuis le lycée, je ne veux pas prendre le risque de le perdre. Il est peut-être devenu homo ?

— Je ne pense pas, mais son histoire avec son ex s'est très mal finie, tu le sais, et j'imagine qu'il est prudent. En plus, il est d'un tempérament très introverti, il garde tout pour lui. Si tu n'es pas plus claire, il ne se passera peut-être rien. Après, ne le prends pas personnellement. Il a fait la même chose avec moi. Je vais te confier un secret et je compte sur toi pour ne rien dire ni à lui ni à personne d'autre. Nous sommes allés plonger, il y a quelques jours tous les deux pour préparer une plongée afin de ramasser des déchets et nous sommes tombés sur une épave !

— Non ! Génial !

— Elle était cachée par du sable, mais on voyait bien la trace du bateau. Tu crois qu'il m'en aurait parlé ? Il a rôdé autour, mais il ne m'a rien dit. Tu vois ? Il ne fait confiance à personne, que ce soit professionnel ou personnel. Ne le prends pas pour toi.

— Et toi, tu ne lui as rien dit ?

— Non. Son attitude m'a énervé. C'est un spécialiste des épaves, il l'a évidemment vue. Plusieurs jours plus tard, nous sommes revenus sur place pour faire la collecte des déchets. Il a bien canalisé les plongeurs pour qu'ils n'aillent pas sur le site de l'épave.

— Non !

— Si ! Et lui, pendant ce temps-là, l'air de rien, il y a jeté un coup d'œil, à nouveau. Et à ce moment-là, tu crois qu'il m'en aurait parlé ? Non...

Sylvie savait où la plongée avait eu lieu, car elle avait participé à la journée de ramassage des déchets, même si à cause d'une otite, elle était ce jour-là restée sur le bateau afin d'aider les plongeurs à se préparer à descendre puis les récupérer à la remontée.

*
**

Elle acquiesça, mais cela l'énerva au lieu de la calmer. À elle non plus, il n'en avait pas parlé. Alors qu'ils avaient passé ensuite une semaine ensemble dans son appartement pendant la première semaine où sa maison avait été louée pour le tournage du film. Cette première semaine de location était consacrée à la décoration des lieux. Toutes ses affaires avaient été retirées afin que l'équipe de décoration puisse mettre son propre mobilier. Tout devait être terminé avant que l'équipe de la production arrive sur place.

Si elle avait apprécié ces jours de cohabitation, il ne s'était rien passé entre eux. Leur relation amicale semblait basée sur la confiance. Elle était donc blessée par son comportement.

En l'écoutant lui raconter le vol du bateau et le fait qu'il s'était retrouvé dans une situation des plus délicates avec ses amis, elle ne savait pas si elle devait lui avouer qu'elle était au courant pour l'épave depuis un petit bout de temps. Ce qui l'embêtait, c'est qu'elle n'avait pas gardé le scoop pour elle alors que Julien le lui avait demandé.

Elle n'aurait pas dû parler à Anne de cette épave. Anne était une bonne copine. Les deux amies s'étaient connues au lycée et elle avait connu Pierre, âgé de deux ans de moins, grâce à elle. Elles s'étaient vues quelques jours plus tard et elle s'était confiée à elle. Chaque fois qu'elles se voyaient, elles parlaient de Pierre. Anne avait beau lui dire qu'elle n'était pas proche de son frère et qu'elle ne voyait pas comment elle pouvait l'aider, elle était persuadée du contraire.

Sylvie s'en voulait de lui avoir confié le secret de Julien. Non pas qu'elle puisse penser un instant qu'Anne avait fait quoi que ce soit, non, Anne ne plongeait pas, n'avait pas de permis bateau et ne s'intéressait pas à l'archéologie. Mais elle aurait peut-être pu en parler à quelqu'un d'autre ?

Elle continuait à réfléchir. Elle n'avait pas fait qu'en parler à Anne. Lors d'un pot impromptu organisé avec quelques membres du club de plongée, un peu ivre, elle avait vendu la mèche. Pierre n'était pas là ce jour-là. Elle avait été contente de raconter son histoire, de faire croire qu'elle avait une certaine intimité avec Pierre et elle avait sous-entendu qu'il l'avait mise dans la confidence. Ils étaient quatre ce jour-là autour du verre de l'amitié. Est-ce que l'un d'eux aurait pu voler le bateau ou être impliqué dans cette fouille illégale ?

Elle était prise entre deux sentiments. Elle se sentait coupable de ne pas avoir su garder le secret et en même temps, l'attitude cachottière de Pierre l'irritait. Le comble, c'est qu'il risquait de lui en vouloir ensuite.

40

Mais lorsque Pierre lui raconta que ce n'était pas la première fois qu'il lui arrivait des choses des plus inquiétantes entre l'assassinat du réalisateur, les menaces par mail, les pneus de sa voiture crevés... Sylvie se dit qu'il fallait qu'elle lui dise la vérité. Elle s'en voudrait trop s'il lui arrivait quelque chose de vraiment grave. Elle demanda à le voir en tête-à-tête.

Pierre, inquiet de son ton lugubre, abandonna ses amis pour aller retrouver Sylvie chez elle. Elle vivait dans un appartement au dernier étage d'un immeuble situé au cap d'Antibes, pas très loin de la baie des millionnaires. Elle aimait marcher sur la promenade du littoral, particulièrement sur la partie qui passait entre les maisons des milliardaires. Elle était consciente de la chance qu'elle avait. Vivre dans un appartement dans cette zone de la ville n'était pas donné à tout le monde. Ce n'était possible que parce qu'elle n'était pas propriétaire de l'appartement. Elle le louait pour un loyer des plus modiques à l'une de ses tantes qui était partie en maison de retraite. Cette dernière n'avait pas d'enfant et l'avait proposé à Sylvie qui avait sauté sur l'occasion. La tante avait laissé la plupart de ses meubles dedans et Sylvie vivait dans une décoration qu'elle n'aurait certainement pas choisie, mais ce désagrément valait la peine d'être supporté.

Lorsque Pierre arriva, il trouva son amie très perturbée. Elle lui proposa de boire une bière. Surpris, il accepta. Il sentait que Sylvie était très mal à l'aise.

— Qu'est-ce qui se passe Sylvie ? Je vois bien que cela ne va pas.

Sylvie était perdue. Comment le lui annoncer ?

— Je ne sais pas comment te le dire. Tu vas m'en vouloir, je pense.

Pierre la regarda surpris. Elle passait ses mains dans ses cheveux nerveusement et se mordait les lèvres. Elle semblait être sur le point de pleurer.

— Et je n'ai pas envie de te perdre.

Tout se mélangeait dans sa tête. Comment lui raconter qu'elle avait appris son secret et que face à son attitude, elle avait voulu se venger en le partageant avec d'autres et ne rien lui dire ?

Pierre fut étonné par sa phrase. Il commença à imaginer que finalement Sylvie avait peut-être des sentiments autres qu'amicaux envers lui. Il ne savait pas comment interpréter son comportement et répondre à cette nouvelle information. Prudemment, voulant éviter toute méprise, il ne répondit pas.

Voyant que Pierre ne réagissait pas, Sylvie prit une grande respiration et se jeta à l'eau.

— J'ai su pour l'épave avant même que tu m'en parles.

Pierre eut du mal à réprimer un mouvement de surprise.

— D'accord et comment l'as-tu su ?

Même si elle avait promis à Julien de se taire, elle devait expliquer à Pierre ce qui s'était passé.

— C'est Julien qui m'en a parlé.

Elle vit que Pierre était contrarié.

— Nous parlions de toi et de ton côté secret. Je lui révélai que cela m'aurait fait plaisir que tu envisages notre relation autrement que d'une façon purement amicale.

Elle était fière d'elle. Ça y est, elle lui avait dit. Il avait l'information et peut-être que du coup, la suite passerait mieux. Elle nota qu'il restait muet alors qu'elle lui annonçait qu'elle souhaitait que leur relation évolue. Normalement, il aurait dû répondre quelque chose, mais Pierre était quelqu'un de plutôt réservé. Le fait que Julien ait su pour l'épave avait l'air de tellement le contrarier que tout le reste ne semblait pas avoir d'importance.

Il était plus à l'écoute des autres d'habitude. Elle le regarda attentivement. À moins qu'il ne sache pas quoi faire de son souhait, que ce soit si inattendu, qu'il faille qu'il y réfléchisse. Cela lui fit de la peine parce que cela sous-entendait qu'il n'avait jamais envisagé que leur relation puisse changer auparavant. Elle mit de côté ses réflexions et continua bravement.

— Il m'a dit que tu étais quelqu'un de réservé et que tu n'étais pas le genre à faire confiance facilement. Pour illustrer son propos, il m'a raconté que tu avais trouvé une épave, mais que tu ne lui avais rien dit.

Pierre était embêté. Oui, c'est vrai, il n'avait pas fait confiance à Julien.

— Et j'ai réalisé que tu ne m'avais pas fait confiance non plus, puisque tu ne m'avais rien dit également alors que tu as logé chez moi pendant une semaine.

Pierre prit subitement conscience que son attitude méfiante pouvait être très blessante pour son entourage. Julien et maintenant Sylvie s'étaient sentis mis à l'écart. Il regrettait s'être comporté comme il l'avait fait. Il se promit d'être plus ouvert et de considérer que les personnes qui l'entouraient étaient sincères et honnêtes. Ce n'était pas parce qu'il avait été trahi par son ex-petite amie que tout le monde était comme elle.

Il continua à se taire, car il sentait qu'elle ne lui avait pas encore dit l'essentiel.

— Un soir, un peu ivre, je l'ai dit à Florian, Christophe, Erika et Fabien lors d'un pot. Tu n'étais pas là. Nous avions passé une semaine ensemble et tu n'avais pas vu que je m'étais faite belle, je t'avais mitonné des petits plats et tout le reste. J'étais furieuse contre toi et je l'ai dit.

Une fois de plus, il ne lui répondit pas directement. Il voulait absolument savoir qui était au courant de sa découverte et avait pu potentiellement voler son bateau, lui envoyer des messages au club ou prévenir les pilleurs. Il discuterait avec elle ensuite de leur relation.

— Tu en as parlé à d'autres personnes ?

— Oui, à ta sœur. Lorsqu'on se voit, on parle de toi. Je lui ai raconté.

Il tomba des nues. Il ne savait même pas qu'elles continuaient de se voir toutes les deux. Si elles étaient amies au lycée et qu'il avait connu Sylvie parce qu'elle venait chez ses parents avec Anne, il n'avait pas imaginé un seul instant qu'elles étaient restées amies toutes ces années. Le comble était que jamais Sylvie ne lui en avait parlé.

— Tu vois ma sœur et tu lui parles de moi ! Mais ma sœur ne me connaît pas. Cela fait des années qu'on se parle à peine.

— C'est ce qu'elle me dit. C'est d'ailleurs pour cela que je ne t'ai jamais dit que je la voyais. J'ai bien compris que vous n'étiez pas dans les meilleurs termes. Mais c'est ma copine. Donc je lui parle de ce qui me préoccupe.

Sentant que la discussion repartait dans une direction plus sentimentale, il poursuivit :

— À qui d'autres as-tu raconté cette découverte ?

Elle le regarda, interloquée.

— À personne d'autre. C'est déjà suffisant, non ?

Elle réfléchit un instant.

— Mais je ne peux pas t'affirmer que Julien n'en a pas parlé à quelqu'un d'autre que moi.

41

Lorsque Pierre entra, je compris que quelque chose d'important s'était passé. Déjà, sa conversation avait duré bien plus longtemps que prévu et il ne nous avait pas prévenus.

Ne le voyant pas revenir, comme il nous l'avait conseillé, après un apéritif qui avait duré, nous avions dîné avec Rémi sans lui. Le gendarme avait attendu qu'il soit là pour nous faire son compte-rendu du jour sur l'avancée de l'enquête. Je comprenais qu'il l'attende, mais j'étais impatiente.

Dès qu'il fut là, je voulus demander à Rémi son compte-rendu du jour, mais mon élan fut arrêté net. Pierre semblait aussi avoir des choses à nous dire.

— Tu as une drôle de tête. Qu'est-ce qui t'arrive ?

— Sylvie savait pour l'épave. Elle l'a appris par Julien.

J'essayais de me rappeler qui était Julien. Voyant mon hésitation, Éric précisa :

— Julien est la personne avec qui tu as plongé lorsque tu as vu l'épave pour la première fois.

— Oui, c'est ça. Et Julien en a parlé à Sylvie et Sylvie en a parlé à quatre plongeurs et à ma sœur et elle se dit que Julien en a peut-être parlé à d'autres personnes qu'elle !

Pierre leur raconta en détail sa discussion avec Sylvie en omettant toutefois la partie sentimentale de leurs échanges.

— Et, vous pouvez être sûrs que ces personnes en ont parlé autour d'elles. Autant dire que toute la Côte d'Azur le sait. Un peu plus, un article aurait pu l'annoncer dans *Nice-Matin* !

Rémi réfléchissait à ce que Pierre venait de lui raconter.

— En effet, pas mal de personnes étaient au courant. Tu penses que l'une d'entre elles l'a dit à la personne qui te menaçait et que celle-ci a sauté sur l'occasion ?

— Elle a pu lui apprendre sans même savoir que cette personne m'en voulait. Par hasard.

Éric avait une autre vision de la situation.

— Ce sont des personnes qui savent piloter ton bateau qui ont fait le coup. Elles n'ont pas hésité un instant. On peut penser qu'il s'agit de plongeurs ou au moins de pêcheurs. La découverte d'une épave a dû circuler comme une traînée de poudre. Peut-être que ceux qui la pillaient ont su que tu l'avais trouvée et ont voulu te faire comprendre de manière radicale qu'il fallait que tu cesses de t'y intéresser.

Je ne voyais pas les choses de cette façon.

— Ce n'est pas aussi simple. Tu as reçu les menaces avant que Julien ne parle à Sylvie, n'est-ce pas ?

Pierre prit quelques instants pour réfléchir.

— Je n'en sais rien. Elle ne m'a pas dit quand cette discussion avait eu lieu. Mais c'est une possibilité.

— C'est très étrange. Mais cela ne veut pas dire qu'Éric n'a pas raison. Peut-être que les pilleurs ont vu Pierre rôder dès la première fois autour du site, puis revenir ensuite.

Je me tournai vers Pierre.

— Tu penses qu'ils ne t'ont pas vu. Je n'en suis pas aussi sûre que toi. Ils ont pu remarquer ton bateau juste au-dessus de l'épave et t'envoyer des menaces ensuite. Si Julien et Sylvie ont parlé, cela les a peut-être juste confortés dans leur inquiétude. J'imagine qu'ils n'ont pas osé s'attaquer à toi lors de la plongée suivante, car il y avait beaucoup de plongeurs pour ramasser les déchets, mais ensuite, quand nous sommes revenus, nous n'étions que trois. C'était plus simple et il n'y avait personne sur le bateau.

Éric m'interrompit.

— Oui, c'est d'ailleurs un point intéressant. Comment ont-ils pu savoir que nous allions sortir à ce moment-là pour pouvoir intervenir ? Nous étions partis depuis un peu plus d'une heure du port.

Un frisson me parcourut.

— Il n'y a pas dix mille solutions. Nous étions surveillés.

— Oui, ou le site était surveillé et tu étais repéré depuis le début.

La proposition d'Éric était plus rassurante que mon idée. Je ne savais quoi en penser…

L'enquête fut laissée de côté un instant. Ce que Pierre avait raconté avait réveillé mon petit côté de commère de village. Et ma curiosité était si forte que je ne pus m'empêcher de poser la question qu'on se posait tous sans oser le lui demander.

— Et avec Sylvie ?

Pierre me regarda d'un air désespéré, mais céda.

— Elle m'a quasiment fait une déclaration et cela m'a vraiment étonné. Je l'ai toujours vu comme une bonne copine, une très bonne copine, même. Depuis ma séparation, je me rends compte que je ne veux plus prendre de risques et mes relations sont souvent sans lendemain, car mes partenaires se rendent vite compte que je ne souhaite pas m'investir à long terme dans la relation. Sylvie est quelqu'un que j'estime beaucoup et je ne voulais surtout pas gâcher notre relation en la faisant évoluer vers une relation plus superficielle.

Il s'arrêta là comme s'il m'avait répondu. Je secouai la tête. Je ne comptais pas lâcher le morceau aussi facilement.

— Et ?

Il me sourit, amusé.

— T'es vraiment curieuse ! J'ai ressenti plusieurs choses. D'une part, j'étais en colère contre moi, car je n'avais fait confiance ni à Julien ni à elle. Si cela avait été le cas, ils auraient certainement gardé le secret. Ensuite, j'étais en colère contre eux, car ils avaient parlé. Enfin, j'ai été touché par le fait que Sylvie semblait attendre beaucoup plus de notre relation.

Je ne pus m'empêcher de sourire. J'avais envie d'un *happy end*.

— Oui ?

— Pour la première fois depuis que je suis célibataire, j'ai examiné la possibilité de m'engager de nouveau dans une relation amoureuse. J'ai vu d'un seul coup Sylvie avec un autre regard...

Je compris que je n'en tirerais pas plus ce soir-là. Cela me frustra, mais je ne m'avouais pas vaincue. Je reviendrais sur le sujet le lendemain.

En attendant, Rémi avait appris des choses intéressantes et il était temps de les raconter.

42

Rémi était en possession d'une information très intéressante à nous livrer. Il revenait avec l'immatriculation du horsbord qui était impliqué dans le vol du bateau de Pierre. Son propriétaire était un cousin éloigné de Francesco Baresco, Tommaso Baresco. Lui aussi était dans le BTP. Il détenait une cimenterie et se voulait pêcheur à ses heures perdues. Il aimait particulièrement la pêche sous-marine. Occupation qu'il pratiquait avec assiduité dès que le temps et la température de l'eau le permettaient.

Je me suis immédiatement dit que le profil collait parfaitement. La piste était sérieuse et j'écoutais avec attention notre ami nous détailler ses avancées du jour.

— Tommaso a été appréhendé aujourd'hui et il a nié toute participation au vol. Il a un alibi impossible à valider, car il a dit qu'à ce moment-là, il était en famille. Évidemment, tous les membres de la famille cités ont confirmé. On lui a alors demandé à qui il avait prêté son bateau et il a fait l'étonné.

Pierre ne put s'empêcher de rire.

— Rien d'étonnant. Il n'allait pas avouer comme ça.

— Je t'avoue que je m'y attendais, mais cela m'a un peu agacé quand même. On a alors visionné la vidéosurveillance du port d'Antibes. Les vidéos ont été intéressantes et on a pu voir que c'est bien Tommaso accompagné de deux amis qui étaient dans le bateau ce jour-là.

— Donc c'est lui qui a volé le bateau. Mais pourquoi a-t-il fait cela ? Voler un vieux bateau, cela n'a aucun sens.

Rémi ne répondit pas à sa question, il continua, imperturbable.

— Un peu énervé, on a convoqué les trois compères à la gendarmerie qui devant l'évidence n'ont pu que reconnaître qu'ils étaient bien sur le bateau. Leur version a logiquement évolué. Ils ont reconnu que, oui, ils étaient passés pas loin du lieu où le bateau avait été volé, mais que non, ils n'y étaient pour rien. Avaient-ils vu quelque chose ? Non, bien entendu.

Pierre regardait Rémi attendant toujours qu'il réponde à sa question.

Je le regardai. Visiblement, il n'avait pas compris ce qui me semblait maintenant limpide.

— Il a voulu te faire peur. Le cousin de Francesco Baresco a voulu te faire peur. Tu te souviens ? Le propriétaire du bateau qui a servi à piller ton épave. Ils t'ont donc bien vu sur le site. Ils ne voulaient pas que tu reviennes.

Éric m'interrompit.

— Cela ne veut pas dire que tout est résolu, car on ne sait toujours pas si les menaces que Pierre a reçues sont liées au pillage ou à *Atoutdéchet* et au meurtre. Nous avons peut-être trois affaires distinctes.

Les yeux de Rémi se mirent à pétiller.

— Ou une seule affaire. Il suffit de trouver le lien entre ces trois évènements.

Je lui fis mon plus beau sourire.

— C'est ce que tu penses ?

— Je suis troublé par le fait que Pierre soit concerné d'un seul coup par un meurtre, une fraude, un pillage, un vol qui aurait pu mal tourner et des menaces. Cela fait beaucoup pour quelqu'un qui a eu une vie plutôt calme ces derniers temps, non ?

— Je suis ravie que tu arrives à ces conclusions. J'avais déjà fait part de cette hypothèse à Éric qui m'avait regardée comme si j'avais proféré une énormité.

Éric nous regarda l'un après l'autre.

— D'accord. J'ai peut-être eu tort, mais quel est le lien ?

Pierre fit une supposition en regardant Rémi.

— Hier, tu nous as dit que Francesco Baresco avait des participations dans des entreprises du BTP.

— Oui, des sociétés qui font du gros œuvre.

— Il produit donc des déchets.

Rémi attendit la suite.

— Là, on retrouve son cousin. Même s'il est éloigné, l'esprit de famille est vivace chez eux d'après ce que je comprends.

— Oui. C'est un clan. Pas de doute.

— Donc deux personnes de la même famille qui sont dans le BTP sont en interaction avec toi sur un site de pillage sous-marin. Il y a peut-être quelque chose à creuser, non ?

Il était tard et nous n'avions pas la solution. La nuit allait nous porter conseil.

43

Sylvie était aux anges. Il l'avait embrassée au moment où il partait. Ce n'avait été qu'un baiser chaste et rapide, mais il l'avait quand même fait. Il n'avait pas glissé sur ses lèvres par accident. Quand elle y repensait, elle avait le cœur qui battait la chamade comme celui d'une midinette. Comme quoi, on avait beau vieillir, l'amour donne toujours des ailes. Pierre lui avait fait promettre de se taire, mais elle ne voyait pas comment elle pourrait s'empêcher de raconter ça à Anne. C'était tellement inattendu. Avoir cette discussion en pensant le perdre et se retrouver dans ses bras à la fin. Anne avait eu tort en lui disant qu'elle n'arriverait pas à percer l'armure que son frère avait mise après sa séparation. Elle avait eu raison de ne pas perdre espoir et de tout lui dire.

44

8e jour

La nuit avait dû être courte pour Pierre. Éric et moi avions été réveillés par Câline qui s'était prise d'une frénésie de miaulements aigus à un mètre de notre lit. À croire que quelque chose d'horrible venait de lui arriver. Je pus constater que cette charmante petite chatte venait d'apporter une souris et qu'elle jugeait inacceptable de ne pas être accueillie avec des félicitations chaleureuses. Voyant sa victime et ne sachant pas s'il y avait une chance de la sauver, je secouai Éric, toujours endormi à mon grand étonnement afin qu'il m'aide à la capturer et la relâcher si c'était encore possible. Malheureusement, la pauvre petite bête avait trépassé et la chatte était furieuse qu'on lui ait enlevé son jouet. De notre côté, se rendormir n'était plus une option.

Lorsque je descendis avec Éric prendre le petit déjeuner à 8 heures, une heure un peu trop matinale à mon goût pour des vacances, Pierre était déjà allé courir, s'était douché et prenait son petit déjeuner. J'eus à peine le temps de me faire un café et de me verser mes céréales dans un bol qu'il nous partagea ses pensées nocturnes.

— Je suis un peu paumé. Sylvie est quelqu'un de super en qui je peux avoir confiance, mais je n'ai pas envie de me planter une nouvelle fois.

Éric l'arrêta.

— Cela fait un moment que tu as rompu. Tu peux passer à autre chose maintenant. Tu ne vas pas rester célibataire toute ta vie, non ?

— Je suis d'accord avec toi, mais je n'ai pas envie de faire le mauvais choix. J'ai très mal vécu d'être dépouillé… et je n'ai pas envie de perdre Sylvie si notre relation amoureuse part en vrille.

Éric voulut l'aider à rationaliser, comme si une telle chose était possible quand on parlait de sentiments.

— Tu me dis que Sylvie a l'air super. Elle n'a pas voulu te nuire, elle était juste agacée par ton manque de clairvoyance et d'attention.

Il botta en touche.

— Chat échaudé craint l'eau froide.

Je ne pus m'empêcher de lui poser la question qui me brûlait les lèvres depuis que Pierre nous avait raconté sa séparation avec son ex quelques jours auparavant. Impossible de résister davantage, car la discussion s'y prêtait.

— As-tu une idée de la raison qui a poussé ton ex à te faire cela ?

Il me regarda un peu dérouté. Je poursuivis :

— Oui, elle a voulu te faire mal, se venger de quelque chose.

— J'étais obnubilé par le travail. Je ne passais pas beaucoup de temps avec Hélène. Je pense qu'elle devait m'en vouloir de l'avoir négligée. Autre chose : j'étais économe, je voulais mettre de côté pour m'acheter un appartement et faire des placements, je ne voulais pas claquer mon argent.

— Et elle, si ?

— Oui, elle voulait sortir, faire des courses, aller boire des verres, manger au restaurant, danser en boîte, inviter des amis à tout va…

— Je ne peux pas croire que cela soit juste ça. Il a dû se passer quelque chose d'autre, de plus grave. Tu l'as trompée ? Tu l'as trahie ?

— Oui, on peut dire cela. Mais c'était bien avant mon burn-out. Au début de notre relation, cela faisait à peine six mois qu'on était ensemble et je ne pensais pas que notre relation allait durer longtemps, car nous étions très différents, lors d'une soirée arrosée, j'ai flirté avec une copine à elle.

— Elle était là ?

— Oui. J'avais pas mal bu et on s'était disputés, car elle voulait que je lui offre un collier qu'elle avait vu dans un magazine pour son anniversaire et je lui avais dit que ce n'était pas dans mes moyens. Je me demandais si elle n'était pas avec moi uniquement pour mon argent. Je trouvais cela bizarre qu'elle me passe commande pour son cadeau d'anniversaire d'un bijou hors de prix. Comme elle n'était pas contente de ma réaction, elle s'est saoulée et a commencé à flirter avec d'autres hommes. J'imagine que c'était pour se venger. Du coup, j'ai fait la même chose et elle ne l'a pas accepté.

— Pourquoi ?

— D'après ce qu'elle m'a dit, elle a juste joué les allumeuses. Moi, je suis parti pendant deux heures avec une fille. Elle m'a promis qu'un jour elle se vengerait et elle m'a traité de tous les noms.

— Quand elle a vidé ta maison et ton compte bancaire, elle t'a laissé un mot ?

— Oui. Elle m'a écrit que c'était *un juste retour des choses*. J'avoue ne pas avoir compris sur le moment. Mais c'est fou d'être rancunière à ce point-là.

— Tu n'as pas d'autres choses à te reprocher ?

— Non, sauf que je n'ai jamais cédé à ses envies de luxe et que cela l'énervait. Cela peut également expliquer qu'elle se serve dans la caisse.

— Et tu penses que Sylvie est comme ça ?

— Non. Mais je ne pensais pas non plus qu'Hélène serait comme ça.

— Mais tu ne peux pas généraliser. Tout le monde ne se conduit pas comme Hélène. Tu connais d'autres personnes qui ont fait cela ?

— Non. Tu as raison. On va parler d'autres choses, j'ai besoin de réfléchir.

J'attrapai la balle au vol.

— Alors j'en profite pour sauter du coq à l'âne. J'ai bien réfléchi de mon côté à un autre sujet. Je trouve que l'hypothèse de Rémi est très crédible.

Pierre réagit aussitôt.

— Je suis d'accord avec toi, mais on en a débattu hier soir après qu'il l'a formulée. Trouver un lien entre *Atoutdéchet* et des fouilles archéologiques du haut Moyen Âge ne va pas être facile.

Je continuai sans me laisser perturber par son intervention.

— On a deux membres de la même famille qui sont intéressés par le pillage d'une épave. On a ton beau-frère qui fricote illégalement dans le monde des déchets. Ta sœur a connu l'un d'entre eux quand elle était en classe. Les deux Baresco ont des entreprises dans le BTP et leur père avant eux aussi. Tout comme ton père qui a disparu dans des conditions des plus étranges.

Je laissai à mes interlocuteurs le soin d'intégrer ce que je venais de dire et en profitai pour me resservir une tasse de café. Éric conclut à ma place.

— Donc pour toi, Atoutdéchet donc Yohan travaille avec les Baresco et cela a pu commencer au temps du père de Pierre ou lorsque Yohan a repris les rênes…

Pierre l'interrompit.

— Ou Yohan a commencé du temps de papa sans que ce dernier soit nécessairement au courant, et c'est ce qui expliquerait qu'ils s'en soient pris à lui quand il a appris ce qui se passait et qu'il a refusé de tremper dans leurs magouilles.

Je leur fis un grand sourire.

— Je vois que nous sommes alignés. Il va falloir raconter tout cela à Rémi ce soir.

La journée se passa tranquillement entre piscine, déjeuner excellent à base de dorade entière au barbecue et de légumes cuits au four, sieste et écriture.

J'aimais bien écrire en fin d'après-midi, après la sieste et avant l'apéritif que l'arrivée de Rémi annonçait. Les garçons profitaient de ces heures pour aller faire des courses, discuter et jouer à la pétanque. Je les laissais se retrouver et en profitais pour avancer sur mon projet.

J'avais trouvé un prénom à mon héroïne, Bathilde, qui est celui d'une reine à l'époque mérovingienne. Les prénoms de l'époque étaient d'influence germanique et ils sont compliqués pour nous. Bathilde présente l'avantage d'être facile à mémoriser contrairement à Chlodeswinde, Markowèfe ou Willithéouta ! Elle ne serait pas abbesse, mais juste religieuse. J'explorai la possibilité qu'elle soit chanoinesse. L'intrigue se mettait en place. Bathilde accompagne sa maîtresse la princesse Frédégonde qui est apparentée à la famille royale pour aller au mariage de sa nièce Clotilde. Malheureusement, le frère de Clotilde meurt empoisonné pendant la fête. Bathilde et Frédégonde vont enquêter.

Rémi se présenta vers 19 heures. Il avait sa tête des mauvais jours. Sa journée avait dû être très pénible vu son air sombre. Qu'avait-il appris de si terrible ? Il n'attendit même pas sa bière pour nous dire ce qu'il avait sur le cœur.

— L'enquête sur le meurtre de Cédric Romand est au point mort. Aucune de nos pistes n'a abouti. Le chef souhaite qu'on passe à autre chose. Une famille de promeneurs a retrouvé un corps mutilé dans la Brague du côté de Valbonne et cela a l'air plus important. J'ai dit qu'on n'avait pas beaucoup avancé sur la piste de l'erreur de cible. Il m'a répondu que je pourrai continuer à enquêter si j'en avais envie, mais sur mon temps libre…

Je compatis avec lui.

— Je comprends que tu sois frustré !

— C'est souvent comme ça. On n'est pas nombreux donc pour faire des enquêtes longues, c'est compliqué. S'il y a une nouvelle affaire qui sort, elle va prendre le pas sur les autres, car Nice-Matin en parlera. Donc ensuite, on continue à enquêter, mais de manière beaucoup plus lente.

— Mais tu peux enquêter sur le vol du bateau, non ?

— Oui, ça je peux encore le faire. Sachant que c'est la Scientifique qui est dessus. Il faut arriver à prouver que c'est bien Tommaso et ses amis qui ont volé ton bateau.

— De notre côté, on a réfléchi par rapport au lien entre l'épave et *Atoutdéchet*. On pense que le lien, c'est la famille Baresco.

Nous lui avions expliqué nos conclusions et il avait semblé trouver cela intéressant. Il promit de faire quelques recherches sur le sujet sur son temps libre, nous précisa-t-il.

45

8e jour

Plus Anne réfléchissait, plus elle se disait qu'il y était pour quelque chose. Elle n'avait pas été assez prudente. Son frère l'avait bien énervée avec ses questions sur *Atoutdéchet* et sa librairie, et encore plus quand il lui avait annoncé avoir orchestré une enquête.

Lorsqu'elle avait passé un moment divin — trop rare — avec son amant, trop heureuse d'avoir des informations qu'il ne possédait pas, elle n'avait pas pu s'empêcher de tout lui raconter. Elle s'était peut-être emballée. Certes, elle avait confiance en lui, il ne parlerait pas. Mais ne pas parler, ça ne veut pas dire ne pas agir. Or il était directement concerné par cette affaire, mais, à ce moment-là, elle n'imaginait pas à quel point !

Ce que lui avait appris Pierre l'avait estomaquée à un point qu'il ne pouvait imaginer. D'un seul coup, elle avait fait le lien avec ce que Sylvie lui avait raconté.

Que son frère ait trouvé une épave ne l'avait pas particulièrement émue, mais maintenant elle venait de réaliser qu'il avait trouvé la seule épave qu'il n'aurait jamais dû trouver. Pierre avait vraiment le don pour se mettre dans de sales draps. D'une part, il avait engagé un détective pour enquêter sur la société et menacé de vendre ses parts au plus offrant et d'autre part, il avait traîné plusieurs fois sur un site qui attirait toutes les convoitises et faisait l'objet d'un pillage juteux en bonne et due forme. Quel inconscient !

Maintenant que la machine était lancée, elle ne savait pas comment l'arrêter sans être mise en cause, et c'était bien ça son problème. Essayer de raisonner son amant ne servirait à rien. Elle était lucide, il ne l'écouterait pas s'il estimait que Pierre était dangereux.

Elle était très inquiète pour Pierre. Ils n'hésiteraient pas à s'en prendre à son frère. Sa mère ne s'en remettrait pas s'il lui arrivait quelque chose et sa mère savait pour elle et son amant. Elle ne lui pardonnerait jamais. Si ces relations avec son frère étaient compliquées, celles avec sa mère étaient simples et bienveillantes. Elle tenait à elle.

La culpabilité qui l'envahissait était trop forte. Elle ne pouvait pas laisser les choses en l'état. Elle envisageait plusieurs options : la dénonciation, mais sans preuve tangible, elle ne pensait pas que cela amènerait quoi que ce soit à part des ennuis ; prévenir son frère, mais il ne la croirait pas et chercherait à comprendre comment elle savait tout ça, ce qui n'était pas possible ; en parler à sa mère pour qu'elle en parle à son frère, elle n'avait pas trop envie ou envoyer un message anonyme à son frère… Plus elle réfléchissait, plus elle se disait que c'était ça la solution…

46

9e jour

Éric avait passé une belle matinée avec Pierre. Pendant que je faisais des longueurs dans la belle piscine de la propriété des parents d'Éric, ils avaient couru pendant un peu plus d'une heure. Comme me le raconta Éric, il avait pu admirer la forme de son ami habitué à courir dans les chemins rocailleux avec de fortes pentes et constater que les conditions de courses étaient très différentes entre la région parisienne et la Côte d'Azur. Lui peinait terriblement même si huit jours dans la région et quelques courbatures lui avaient permis d'améliorer ses temps.

Les deux hommes étaient ensuite allés acheter de la côte de bœuf qu'ils avaient prévu de cuire au barbecue avec des pommes de terre et de la salade. J'en avais l'eau à la bouche. Pierre, écolo, mais pas végétarien, avait un peu tiqué, nous parlant des émissions de gaz à effet de serre plus importantes pour le bœuf que pour les autres viandes et s'apprêtait à nous donner des informations essentielles pour sa santé et le bien-être animal quand le regard d'Éric l'avait arrêté. Hors de question de nous laisser culpabiliser. La viande était locale et bio, tout n'était pas parfait, mais cela faisait des mois que nous n'avions pas mangé une côte de bœuf au barbecue et Éric ne laisserait pas son pote nous gâcher notre plaisir.

Éric eut une surprise en allant chercher le courrier dans la boîte aux lettres de ses parents juste avant d'attaquer le pastis avec nous. Il avait été intrigué par une enveloppe sans timbre qui était adressée à Pierre Cousin.

Ce dernier ouvrit immédiatement le pli et après un moment de silence nous en délivra le contenu.

— C'est une lettre anonyme. Plus précisément, une mise en garde. *« Tu es en grand danger. Tout est lié : le meurtre dans la piscine, les menaces, le vol du bateau, la société de déchets, les fouilles archéologiques... Arrête de chercher la vérité ou tu mourras. Une personne qui te veut du bien. »*

Nous nous regardâmes tous les trois sans un mot pendant quelques instants. Il fallait digérer ces informations. Pierre nous montra la lettre. Elle avait été écrite à l'aide d'un ordinateur et sortie sur un papier standard avec une banale imprimante.

Si nous voulions analyser d'éventuelles empreintes, Pierre devait arrêter de la manipuler.

— Repose-là sur la table avec l'enveloppe. On va appeler Rémi.

En l'attendant, j'ouvris la conversation.

— Le mérite de cette lettre est de valider certaines de nos hypothèses. Toutes les affaires sont liées et quelqu'un te veut du mal. Cette personne et celle qui nous a envoyé la lettre te connaissent bien, même si toi tu ne les connais pas forcément.

Éric renchérit :

— Oui, c'est quelqu'un de ton entourage ou qui connaît une personne proche de toi. Qui sait que tu plonges, que tu as des parts dans une société familiale, que tu vis à Biot rue des tourterelles, que tu es investi pour le ramassage des déchets, que tu t'occupes d'un club de plongée et, surtout, que tu vis avec nous, ici, en ce moment...

Pierre nous regarda, troublé.

— Ma mère, ma sœur et Yohan, Sylvie, Julien et vous. La plupart de mes connaissances n'ont pas une vision globale de ma vie. Je suis assez secret.

Je le regardai fixement.

— Il faut que ta liste soit plus précise. Tu oublies forcément des gens. Ton ex par exemple ?

— Non, je ne pense pas. On ne s'est pas revus depuis notre séparation et j'ai coupé avec mes relations à Paris.

— Ta psy ?

— Oui, elle sait tout. Mais c'est un peu tiré par les cheveux, non ?

— Oui, je l'avoue, mais je voulais te démontrer que ta liste n'est pas forcément complète.

Pierre me fixa, accablé.

— Je comprends. Je vais réfléchir. Mais c'est dur d'accepter que quelqu'un que je connais me veuille du mal.

Éric le coupa.

— La personne qui te connaît ne te veut pas forcément du mal. Mais elle connaît peut-être sans le savoir la personne qui t'en veut.

Je me levai et fis des photos avec mon téléphone de la lettre. J'imaginais que Rémi allait vouloir l'emmener pour faire des analyses.

Rémi arriva sur les lieux avec un photographe qui fit quelques photos. Ils étaient accompagnés d'une femme qui, comme je l'avais prévu, récupéra l'enveloppe et le message. Je fis une suggestion.

— On pourrait prendre les empreintes sur la boîte aux lettres ?

— Elle a dû être touchée par des dizaines de personnes. Elles seront impossibles à analyser.

Une fois Rémi reparti, nous allâmes voir Michèle chez elle sans la prévenir. La chance fut avec nous, nous serions arrivés cinq minutes plus tard, elle n'était plus chez elle. Elle était habillée d'une robe aux couleurs chatoyantes, s'était fait un brushing et avait le maquillage des grands jours. Nous n'arrivions pas au bon moment. Elle déjeunait avec ses amis du scrabble dans un restaurant chic.

Pierre ne perdit pas de temps et prit les choses en main.

— Maman, tu vas devoir annuler ton déjeuner.

— Que se passe-t-il ?

Il lui tendit la photo de la lettre sans un mot. Elle la découvrit en silence puis le regarda.

— Je ne veux pas qu'il t'arrive ce qui est arrivé à ton père. Arrête de te mêler de tout cela. Cela vaut mieux pour tout le monde.

— C'est trop tard. Si tu veux qu'il ne m'arrive rien, il faut que tu me parles et que tu m'expliques qui est derrière tout ça.

Michèle prit une grande inspiration avant d'envoyer un message pour prévenir ses amis qu'elle serait en retard. Elle nous proposa quelque chose à boire et nous prépara du café et de l'eau.

Une fois que tout fut préparé, chacun s'installa au salon et elle prit la parole.

47

— J'ai eu un amour de jeunesse avant de rencontrer ton père. Une personne pas très recommandable : Edoardo Baresco.

Incroyable coïncidence ! À moins qu'il y ait plusieurs branches de la famille Baresco dans la région, Michèle avait connu un ascendant de Francesco ou de Tommaso. J'ouvris la bouche pour parler. Les deux garçons me regardèrent fixement avec de gros yeux. Éric me serra la main très fort. Je compris juste à temps le message. Il fallait la laisser finir. On poserait les questions sur la généalogie des Baresco plus tard.

Sans se rendre compte de nos échanges de regards, la mère de Pierre se servit un verre de vin comme pour se donner du courage et poursuivit.

— C'était avant que nous soyons mariés chacun de notre côté. Un amour de jeunesse. Mes parents m'ont interdit de le voir. Il était de notoriété publique que cette famille nombreuse était mêlée à des trafics les plus louches. On parlait de mafia, l'Italie n'est pas loin. Edoardo et moi parlions d'amour. Mes parents m'ont envoyée finir mes études à Paris dans une école de commerce privée où j'ai appris à tenir les comptes d'une société. Le but était que je puisse reprendre la partie financière de l'entreprise de mes parents et que mon frère reprenne la partie technico-commerciale.

Voyant nos regards interrogatifs, elle précisa :

— Nous étions propriétaires de plusieurs hôtels dans la région. Mes parents ont vendu lorsqu'ils ont pris leur retraite quelques années plus tard.

Elle poussa un grand soupir et continua :

— Lorsque je suis revenue deux ans plus tard, Edoardo s'était marié avec une Italienne. Il allait devenir le père de Francesco Baresco quelques mois plus tard et reprendre la direction de la société familiale de BTP de ses parents. Cette société marchait bien. Elle avait des contrats juteux avec les communes des environs, le département, les ports... Edoardo avait su se mettre dans la poche la plupart des décideurs importants et son fils reprit tout naturellement le flambeau après qu'il avait eu un AVC. De mon côté, j'ai rencontré Alain avec qui nous souhaitions prendre notre indépendance. Nous avions un avenir tout tracé dans l'entreprise de mes parents, mais je voulais découvrir autre chose, tout comme mon frère. C'est pour cela que nos parents ont vendu leur affaire lorsqu'ils sont partis à la retraite. Je continuai à fréquenter Edoardo, même si nous étions tous les deux mariés. Ton père ne l'a jamais su. Il était impensable pour mon amant de divorcer de son Italienne et je ne m'imaginais pas vivre avec lui tant sa famille était hors norme. J'avais bien compris qu'il était dans de nombreuses magouilles et je ne voulais pas en faire partie. C'est lui qui m'a donné l'idée d'avoir une entreprise dans les déchets. C'était précurseur à l'époque. Je trouvais l'idée bonne et j'ai convaincu Alain de se lancer.

À l'époque, j'étais une jeune maman et je ne travaillais pas, mais mes parents m'avaient donné de l'argent lorsqu'ils avaient cédé les hôtels et en plus, à la même époque, j'avais reçu un héritage d'une tante qui ne s'était jamais mariée et n'avait pas eu d'enfant. Nous passions d'excellents moments quand elle venait nous voir. Cela a été une surprise quand j'appris qu'elle m'avait légué une bonne partie de sa fortune acquise dans le commerce import-export de pierres précieuses depuis plusieurs générations. J'ai pu ainsi investir une partie de mon argent dans la société. Sur les conseils de mon notaire, j'en suis devenue présidente et Alain, directeur général. Dans les faits, je ne faisais que signer des papiers. Lorsque le traitement des déchets a été réglementé, Edoardo m'a appelée pour me demander si je ne voyais pas d'objection à ce qu'il se rapproche d'Alain pour faire des affaires. Je savais que ce n'était pas un enfant de chœur, mais je n'imaginais pas à quel point à ce moment-là, il était hors des clous. Vu qu'il était lié à la plupart des gros contrats immobiliers de la région, je n'ai pas hésité un instant. Quelques années plus tard, Yohan a été embauché en tant que commercial dans la société. Cela lui a donné l'occasion de rencontrer Anne avec qui il s'est mis en couple rapidement. Cela lui a permis de prendre du galon plus rapidement que d'autres. Ton père l'a laissé gérer la relation avec Edoardo qu'il n'appréciait pas particulièrement. Rapidement, il s'est rendu compte que Yohan avait dépassé les bornes pour se faire de l'argent à titre personnel. Lorsqu'il en parla à ce dernier pour lui demander d'arrêter, son gendre ne s'en laissa pas compter et lui expliqua que si, lui, avait des avantages, cela bénéficiait aussi à l'entreprise. Alain eut beau lui expliquer que faire du trafic de déchets est illégal, il n'en avait pas peur.

— On risque combien au maximum si on est condamné ?

— 7 ans de prison et 300 000 euros d'amende avec évidemment la fermeture de la société. Cela m'a mis hors de moi quand j'ai appris ce qui se passait par Edoardo qui pensait que j'étais au courant. Mais je pense que Yohan se sentait intouchable tant Edoardo avait le bras long. Alain a menacé de licencier Yohan et lui a demandé d'arrêter les magouilles. Il a même menacé d'aller tout dire à la police, ce qui pour moi a signé son arrêt de mort.

— Qu'aurait-il pu faire ?

— Céder ses parts et partir. Mais vouloir arrêter la poule aux œufs d'or de la mafia du BTP, c'était grave.

— C'est bien eux qui l'ont tué, n'est-ce pas ? Parce qu'il n'était pas docile ?

— Je n'ai pas de preuves, mais je le pense, oui.

— Edoardo ne t'a pas mis en garde avant ?

— Si, mais que faire. Comment convaincre celui qui était devenu mon ex-mari de ne pas s'opposer de front à un mafioso sans lui expliquer que j'avais continué à le voir pendant des années ? J'ai finalement dit à Alain que j'avais eu Edoardo au téléphone qui m'avait appelée au nom de notre vieille amitié pour me prévenir que son attitude allait lui attirer d'énormes ennuis.

— D'où la conversation téléphonique que j'ai entendue...

— Quelle conversation ?

Pierre lui raconta brièvement ce qu'il avait entendu lorsqu'elle s'était énervée contre Alain.

— Oui, Yohan lui avait dit qu'il y avait encore un nouveau contrat bien juteux à gagner si on acceptait d'être hors la loi. Alain était pieds et poings liés. Comment réagir ? Il ne voulait pas vendre la société, mais que faire pour sortir de cette situation ? Edoardo ne lui laissait pas vraiment de possibilités. Je lui en voulais de ne pas avoir dit non dès le départ et d'avoir laissé Yohan rentrer dans ce trafic. Je m'en voulais aussi d'avoir autorisé Edoardo à traiter avec *Atoutdéchet*. Rien de tout cela ne serait arrivé si j'avais dit non.

— Tu disais que tu as continué à le voir. C'était encore le cas à ce moment-là ?

— Oui. J'ai tout fait pour qu'il arrête de travailler avec notre société. Il m'a expliqué qu'on ne pouvait pas changer les règles comme ça, que mettre en place les faux papiers de suivi, les filières pour retraiter les déchets illégalement, les contrats et les pots-de-vin, car tout le monde touchait, cela ne se faisait pas en claquant des doigts. Lui-même en tant qu'apporteur d'affaires avait de gros intérêts dans l'affaire. J'ai alors rompu avec lui. J'ai totalement arrêté de le voir. Mais c'était trop tard, rien n'y a fait.

Pierre posa la question qui le taraudait depuis des années.

— Comment l'ont-ils tué ?

— Le jour de sa mort, ton père avait été invité à Eze à un banquet organisé par la confédération locale du BTP dans un très beau restaurant gastronomique réputé, *Le Mas Provençal,* qui existe depuis 35 ans et fait un cochon de lait incroyable. Que s'est-il passé là-bas ? Ce sera toujours un mystère. Il n'en reste pas moins que ton père a repris sa voiture sur la Moyenne Corniche avec de l'alcool dans le sang et des barbituriques. C'est complètement anormal puisqu'il ne buvait pas, car il faisait beaucoup de sport à un très bon niveau à l'époque. C'était un marathonien. J'imagine qu'il a été drogué à son insu. J'imagine également que les pneus de sa voiture ou ses freins ont été trafiqués ce soir-là dans le parking du restaurant.

Éric ne put s'empêcher de lui demander :

— On n'a pas pu expertiser la voiture ?

— Non, elle a pris feu puis explosé. Nous avons pu récupérer le corps d'Alain uniquement parce qu'il a été projeté hors de la voiture au moment du choc.

— Il ne devait donc pas porter de ceinture de sécurité…

— En effet, et ça aussi c'est très étrange. Il était très prudent et il portait toujours une ceinture de sécurité. En tout cas, c'est ce qui nous a permis d'être certains qu'il était bien dans la voiture.

— Et l'enquête n'a rien donné ?

— Non. Tout le monde a pensé qu'il avait eu un accident, car il était ivre.

— Et au banquet, les autres invités l'avaient vu boire ?

— Je ne suis même pas sûre que le gendarme responsable de l'enquête les ait interrogés. Il avait l'air pressé de classer l'affaire. Cela m'a troublée et je me suis demandé s'il n'avait pas des accords avec la famille Baresco.

— Et tu penses qu'il va m'arriver la même chose ?

— Tu as menacé de vendre tes actions, tu as engagé un détective pour enquêter sur les pratiques frauduleuses de la société, tu veux que Yohan ait une gestion beaucoup plus sérieuse de la société et tu as remis en cause la manière dont la société finançait la librairie. Enfin, tu connais Rémi, un gendarme bien placé. Cela fait beaucoup.

Je ne pus m'empêcher de réagir en entendant ses mots.

— Qu'est-ce que la librairie vient faire là-dedans ?

— Le local qui est loué à Anne appartient aux Baresco. Il est loué cher, car c'est une manière de donner de l'argent aux Baresco pour les contrats que la famille leur amène. Une rétrocession si tu veux.

— Autrement dit, on blanchit de l'argent avec ce loyer…
— Oui.
— Et Anne le sait ?
— Oui, bien sûr que Anne le sait.

Cela me fit bizarre d'entendre cela. Anne semblait tellement au-dessus de la mêlée, tellement déconnectée de la réalité du fonctionnement de l'entreprise. Que savait-elle exactement ? Était-elle finalement si naïve ?

48

10e jour

J'avais été réveillée beaucoup trop tôt à mon goût par une Câline dans une forme olympique. La chatte s'était prise d'affection pour ma chevelure. Je la comprenais. Mes cheveux longs et épais étaient parfaits pour jouer avec, les manger, les griffer. Un vrai bonheur ! Des fois que cela ne soit pas suffisant pour me réveiller, elle ronronnait avec une folle intensité. J'étais toujours étonnée que cela ne réveille pas Éric qui était souvent épargné par ses attaques matinales pour une raison que je ne m'expliquais pas.

Elle me suivit ensuite pas à pas jusqu'au moment où je lui donnai à manger et lui ouvris la fenêtre pour la faire sortir.

Ces actions effectuées, j'étais en train de finir mon petit déjeuner sur la terrasse lorsque Pierre arriva. Il faisait une tête bizarre, n'augurant pas du meilleur. Je choisis la diplomatie et lui proposai une tasse de café. S'il voulait me parler, il le ferait tout seul.

— Oui, merci Emma.

Il commença à boire le café sans un mot. Je lui proposai alors des tartines.

— Non, je te remercie, mais j'ai déjà fait mon petit déjeuner. Je me suis réveillé tôt ce matin.

— Ah…

— Oui, j'ai couru dans les bois.

Amusée, je réprimai un sourire en songeant à Éric qui dormait du sommeil du juste alors qu'il était déjà 9 heures et demie.

— Éric dort toujours ?

— Oui, nous n'avons rien de prévu aujourd'hui. Il avait beaucoup de fatigue en retard. C'est une bonne idée qu'il récupère.

Pierre me regarda, soucieux.

— J'ai reçu un message ce matin.

— Oui ?

— De ma sœur.

— Ah ?

— Oui, surprenant, n'est-ce pas ?

Sans attendre ma réponse, il poursuivit :

— Elle veut me présenter un acheteur pour *Atoutdéchet*. Quelqu'un qui pourrait reprendre mes parts et celles de maman.

— Qu'en penses-tu ?

— Je ne comprends pas. Sa démarche est étrange. Elle ne voulait pas qu'on vende, car cela voudrait dire arrêter de financer sa librairie. Elle sait également que je ne vendrai pas à un des escrocs avec qui son mari travaille. Donc je ne comprends pas.

— Tu penses que c'est un piège ?

— Je ne sais pas.

— Ta mère va y aller ?

— Je ne sais pas si elle est conviée.

— Où est le rendez-vous ?

— Dans les locaux de *Atoutdéchet*. Ils seront vides, car on est samedi.

— Tu lui as demandé le nom de la personne intéressée ?

— Oui, mais elle m'a dit que je ne la connaissais pas et que cela ne servirait à rien. Elle a juste rajouté que ce n'était pas un particulier, mais une société qui rachèterait.

Sur ces entrefaites, Éric, encore endormi, vint se joindre à nous. Pierre lui expliqua de nouveau la situation une fois qu'il eut bu une tasse de thé.

— Nous allons venir avec toi. Si c'est un guet-apens et que nous sommes nombreux, cela les fera peut-être hésiter.

Éric était songeur.

— C'est bizarre que ce soit elle qui organise cela. Ce serait plutôt à son mari de s'en occuper, non ?

— Elle a peut-être appelé à sa place parce que c'est ma sœur. C'est plus logique que ce soit elle qui appelle plutôt que lui, je ne m'entends pas particulièrement bien avec lui.

— Il sera là dans ce cas ?

— Ce n'est pas ce que j'ai compris, mais peut-être, oui.

Pierre appela ensuite sa mère pour lui demander si elle aussi, avait été invitée. À sa grande surprise, il apprit que non.

— Elle est majoritaire, c'est elle qui devrait être invitée. Elle m'a dit qu'invitée ou pas, elle se joindrait à nous. Elle sera un peu en retard, car elle est prise avant. Elle aussi trouve cela bizarre. Elle souhaite qu'on soit prudents. Je ne sais pas vraiment comment on peut l'être, mais bon ! Elle m'a ensuite demandé à quelle heure avaient lieu les festivités ainsi que l'endroit où nous devions nous retrouver.

Je fis une proposition :

— Et si nous prévenions Rémi de notre rencontre au sommet ? De manière à pouvoir appeler à l'aide en cas de besoin sans avoir à tout expliquer si cela dérape ?

Mes deux compagnons hochèrent vigoureusement la tête. Cela leur semblait une très bonne idée. Pierre tenta immédiatement de le joindre sans succès. Il était peut-être en intervention ou en repos. Après tout, on était samedi. Il laissa à toutes fins utiles un message sur son répondeur.

49

Une fois à *Atoutdéchet*, je constatai que le site était désert. Je m'attendais à ce que seuls les bureaux soient vides. Les allées et venues des camions qui déplaçaient les déchets étaient constantes normalement, même le week-end. Je pénétrai avec mes deux acolytes dans le bâtiment où nous attendaient Anne et deux hommes. En nous voyant, l'un d'entre eux lui demanda immédiatement :

— Pourquoi est-il accompagné ?
— Il ne m'a rien dit, je ne sais pas.

Pierre ne donna aucune explication et posa lui aussi une question en se tournant vers sa sœur :

— Où est ton mari ?
— Il n'est pas concerné par ton problème.
— Qui sont ces messieurs ?
— Ils sont intéressés par tes parts.
— Pourquoi maman n'a-t-elle pas été conviée ?
— Tu as un problème et j'ai essayé de le résoudre. Il ne me paraît pas nécessaire de mettre maman dans la boucle pour le moment.

Je répétai alors la question de Pierre :

— Qui sont ces messieurs ?

Anne ne me regarda pas. Elle parla à son frère :

— Pourquoi les as-tu fait venir ?
— Je n'ai pas confiance.
— En moi ?
— En toi et en eux. Je ne comprends pas pourquoi cette entrevue a lieu le week-end dans l'entreprise déserte et

pourquoi tu ne me donnes pas les noms de mes potentiels acheteurs, ni pourquoi maman, la principale détentrice des titres de la société n'est pas conviée, et enfin ni pourquoi ton mari, qui soi-disant s'occupe de tout — tu n'y connais rien de ce que tu m'as dit — n'est pas là. J'ai fait part de mes interrogations à mes amis et ils n'ont pas compris non plus.

Éric poursuivit :

— Du coup, on s'est dit qu'on ferait bien de l'accompagner pour lui être de bons conseils si cela s'avérait nécessaire…

Pierre reprit la parole :

— Je ne vendrai pas mes parts à des inconnus. Peuvent-ils se présenter ?

Ils se présentèrent, toujours sans donner leurs identités. Vu leurs ressemblances, ils étaient de la même famille, c'était une évidence. Serait-ce des membres de la fameuse famille des Baresco, Tommaso et Francesco ? Ils étaient dans le BTP et cela leur semblait une bonne idée de se diversifier afin de pouvoir gérer leurs déchets. Je compris aussitôt que ces hommes participaient à la gestion actuelle bien opaque des déchets. Je ne fus pas la seule…

— J'ai besoin de savoir si vous avez la volonté de respecter et améliorer les méthodes de gestion légales ? Êtes-vous sensibilisés à l'écologie ?

Éric regarda son ami. Il pinça les lèvres. Je compris sa réaction. Ses questions étaient puériles. Ils n'allaient évidemment pas lui dire : on veut bénéficier de votre circuit de retraitement occulte et on n'en a rien à faire de l'environnement. Évidemment, les deux hommes ne répondirent pas. Éric demanda alors :

— Vous êtes acheteurs des parts de Pierre et de sa mère ?

L'un d'entre eux prit la parole :

— Oui.

— Vous souhaitez qu'on vous présente l'entreprise ? Les comptes ?

— Non, ce n'est pas nécessaire.

Pierre se reprit.

— Vous savez que la société détient des parts dans une librairie. Vous souhaitez les récupérer aussi ?

— Oui. Cela ne nous dérange pas.

— Vous avez amené vos documents financiers ? Vous allez financer votre achat comment ?

— Nous avons l'argent.

— Il va falloir que j'étudie votre capacité financière. Avez-vous un avocat ?

Les deux hommes se regardèrent, surpris.

— Vous voulez passer par un avocat ?

— Oui, bien sûr. Il faut qu'ils se mettent en rapport et étudient tous les aspects de cette vente.

L'un des hommes commença à s'énerver.

— Assez joué ! Anne, tu ne nous avais pas dit que monsieur était procédurier. Il nous fait perdre notre temps. Il faut trouver rapidement une solution et cela ne sera pas en achetant les parts de ce monsieur que nous la trouverons. Il va falloir trouver des méthodes plus radicales, j'en ai bien peur…

À ces mots, Anne blêmit et je l'avoue, cela m'inquiéta. Je décidai de m'en mêler.

— Il faut trouver une solution à quoi ?

— Cette entreprise est vitale à notre fonctionnement. Si elle change sa façon de gérer les déchets, nous n'aurons plus de solutions qui nous conviendront. Tout marchait très bien jusqu'à ce que votre ami vienne fouiner avec son enquêteur et souhaite vendre ses parts.

Je regardai Anne, interdite.

— C'est toi qui as raconté cela à monsieur ?

— Oui. Je lui ai expliqué la situation.

— Ce n'est pas ton mari qui est en contact avec eux ?

— Oui pour les affaires, mais moi aussi.

— Tu connais ce monsieur depuis des années ?

— Oui.

Incrédule, tirant les conclusions qui s'imposaient, je secouai la tête. Anne comprit à mon attitude que je savais. Cet homme était son amant et j'étais maintenant à peu près sûre qu'il s'agissait des Baresco même si je n'avais pas vu de photos d'eux. Cela me mettait mal à l'aise, car cela signifiait que la mère et la fille avaient toutes les deux fréquenté des hommes de cette famille.

Pierre n'était pas du tout dans ces considérations. Il était furieux contre sa sœur pour une raison bien différente.

— Anne, pourquoi as-tu fait ça ?

— Quoi ?

— Organiser une rencontre avec les personnes qui participent au trafic de déchets. Je t'avais dit que je ne voulais pas leur vendre mes parts. J'ai été clair pourtant. Ces messieurs perdent leur temps.

— Tu n'as pas bien compris, tu n'as pas le choix. Ces messieurs ne nous laissent pas d'autres possibilités.

La tension devint alors palpable dans la pièce. Sans attendre de connaître la suite des évènements, je jugeai que le risque que cela se termine très mal était suffisamment important pour envoyer un message que j'avais préparé à la mère de Pierre et à Rémi pour les alerter. Étant placée derrière Pierre, je réussis à faire mon envoi discrètement sans me faire remarquer.

Pendant ce temps-là, la discussion entre Pierre et Anne se poursuivait :

— Qu'est-ce que cela signifie ?

— Que si tu ne leur vends pas tes parts, cela va mal se finir !

À ces mots, chacun des deux individus sortit un pistolet caché dans leur dos sous leur veste. L'atmosphère se refroidit brutalement à ce moment-là.

— Vous allez faire quoi ?

Sans attendre leur réponse, il demanda à sa sœur :

— Ils vont nous tuer ? Et toi ?

— Moi aussi, je pense. Et tes amis aussi. Quelle mauvaise idée de les avoir fait venir !

Je regardai les armes. J'avais très peur et, en même temps, j'avais l'impression qu'il y avait quelque chose de très important que je n'arrivai pas identifier. Un peu comme quand on a un mot sur le bout de la langue et qu'on ne parvient pas à s'en souvenir. Et, puis, d'un seul coup, j'eus un flash. Le meurtrier était gaucher. Rémi nous l'avait dit. Or l'un des deux hommes était manifestement gaucher. Il tenait son pistolet de la main gauche. J'eus froid dans le dos et la certitude que si Rémi n'arrivait pas très vite, nous allions finir au fond de la mer, dans un bloc de béton ou calciné dans une clairière.

À ce moment-là, une voiture se gara dans le parking de la société. Je savais que ce n'était pas Rémi, car je venais de le prévenir. J'imaginai que cela pouvait être Michèle. J'espérai qu'elle prendrait le temps de regarder ses messages avant d'entrer dans le bâtiment. En même temps, j'étais surprise, car la voiture avait fait un bruit de dérapage en se garant sur le gravier qui n'était pas de son style. Je n'eus pas à attendre longtemps pour avoir la réponse à mes questions.

La porte de la pièce s'ouvrit et Yohan entra dans la souricière. Je compris vite qu'il n'était pas de connivence avec nos interlocuteurs, car il eut un mouvement de surprise totale en nous voyant tenus en respect par deux armes. Il essaya de repartir tout de suite, mais bien sûr, il fut arrêté net dans son élan. Il ne tenta pas le diable et vint se mettre de notre côté.

— Pourquoi fais-tu ça, Francesco ? Tu ne peux pas tuer tout le monde quand même ! Qu'est-ce que c'est que cette réunion ?

Anne regarda son mari, exaspérée. Grâce à lui, nous avions eu la confirmation que c'était bien les Baresco qui nous tenaient en joue.

— Qu'est-ce que tu fais là ?
— Tu veux dire dans mon entreprise ?
— Oui. Un samedi. Tu ne viens jamais le samedi.

— Tu m'as dit que tu ne serais pas là de la matinée. J'avais des choses à finir. J'en avais pour une heure ou deux, je me suis dit que j'allais en profiter pour passer les faire.

Nos conversations n'intéressaient pas nos agresseurs. Ils prirent les choses en main.

— Nous allons descendre calmement au sous-sol.

Manifestement, ils connaissaient bien les lieux. Ils poursuivirent :

— Mais avant, vous allez poser vos portables et autres appareils électroniques devant vous lentement.

Ils attendirent que toutes nos affaires soient déposées. La personne qui était avec Francesco et qui devait être Tommaso, son cousin, vint alors nous fouiller pour être certaine qu'on n'avait rien gardé sur nous. A priori, nous avions tous estimé que jouer avec le feu n'était pas une bonne idée, car ils ne trouvèrent rien.

— Vous allez vous mettre les uns derrière les autres sans gestes brusques, avec vos mains sur la tête.

Nous nous retrouvâmes en file indienne dans le couloir. Tommaso était derrière Pierre, Éric et moi, puis suivaient Anne, Yohan et Francesco.

En bas de l'escalier, une porte en fer était ouverte sur un sous-sol sans fenêtre ni porte de secours. A priori, il ne devait pas avoir grand-chose de valeur dedans puisqu'elle n'était pas fermée et que la clé était dessus. Ils nous enfermèrent dans la pièce sans aucune explication malgré nos demandes et disparurent.

50

Nous étions face à face dans ce qui ressemblait à une cave. La pièce était sombre, remplie de rayonnages avec des cartons et un sol en terre. Anne nous regardait d'un air méprisant. Son mari semblait complètement dépassé par les évènements. Pierre, sous le choc, ne tentait même pas d'établir la communication avec sa sœur. Ce serait pourtant une bonne idée. Quand quelqu'un vous tend un guet-apens et met en danger votre vie, il faut établir le contact avec lui, engager une conversation, tenter de connaître ses motivations, il faut gagner du temps en espérant que quelqu'un viendra vous délivrer. Là, notre sauveur s'appelait Rémi ou Michèle. J'espérais que l'un des deux regarderait son portable et prendrait les mesures qui s'imposaient rapidement. En attendant, je décidai de communiquer avec la sœur de Pierre.

— Anne, je ne comprends pas.

Anne me regarda d'un air mauvais et en même temps semblait désolée d'en être arrivée là.

— On n'en serait pas là si vous n'aviez pas mis votre nez partout. Vous ne pouvez pas remettre en question toute notre vie. Or Pierre en voulant vendre ses parts et mettre son nez dans la gestion de la société avec maman, nous a mis en danger et il risquait sa vie.

J'insistai.

— Je ne comprends pas. Quel est ton rôle dans tout cela ?

— Cela ne m'étonne pas. On m'a toujours prise pour la stupide de la famille. C'est profondément injuste, mais c'est comme ça. À force, j'ai accepté le rôle qu'on m'avait imposé.

Du coup, je joue mon rôle à fond, surtout quand ça m'intéresse. Quand Pierre a commencé à poser des questions et que j'ai botté en touche, cela ne l'a pas du tout surpris. Dans les faits, c'est moi qui maîtrise tout. Yohan n'est pour rien là-dedans.

Elle contempla son mari gentiment, puis fit une moue.

— La société me sert à financer ma librairie et ma belle voiture. Elle ne me sert qu'à ça. À la mort d'Edoardo, j'ai autorisé sa famille à continuer de nous amener des contrats. Je leur paie un loyer très élevé pour les rétribuer pour cela. Grâce à eux, nous gagnons beaucoup d'argent en sous-main et pour l'entreprise. La librairie sert à payer les Baresco, mais aussi à me permettre de faire quelque chose que j'aime.

Pierre venait de comprendre son attitude distante. Il murmura :

— C'est pour cela que tu ne voulais pas qu'on nous voie ensemble quand je suis venue te voir. Tu ne voulais pas que les Baresco puissent penser que nous étions proches, que tu ne pactisais pas avec l'ennemi que j'étais devenu. Tu voulais qu'ils soient persuadés que nous étions en froid.

Anne attendit qu'il ait fini pour poursuivre sans lui répondre.

— Yohan a mis en place un circuit de retraitement illégal parfait. Nous obtenons avec des partenaires des documents qui permettent à nos clients d'avoir des attestations de traçabilité de la bonne gestion de leurs déchets. En voulant arrêter tout cela, Pierre voulait réduire notre niveau de vie de manière drastique. Ce n'était pas acceptable. J'en ai parlé aux Baresco, car cela les mettait en danger aussi.

Yohan regarda sa femme avec surprise.

— Tu as parlé aux Baresco ?

— Oui, Yohan. Je leur parle régulièrement. Je les ai avertis de ce qui se passait. Je n'imaginais pas pour autant qu'ils s'en prendraient à mon frère. Si je ne leur avais rien dit et que tout s'était arrêté brutalement, ils s'en seraient pris à nous. Il fallait anticiper. Ce que je n'ai pas bien dosé, c'est la manière dont ils allaient gérer cela. Ils ont pris peur et ils ont voulu éliminer le problème sans me le dire. D'où le meurtre du réalisateur. C'était bien Pierre qui était visé.

Pierre ferma les yeux en entendant ces mots. Je me mis à sa place, même si ce n'était pas une surprise, cela devait être horrible d'entendre qu'un homme avait perdu la vie à sa place. Si cela m'arrivait, je me sentirais terriblement coupable.

Sans remarquer la réaction de son frère, elle poursuivit :

— S'il meurt, il n'ira plus fouiner ou poser des questions aux mauvais endroits, il ne vendra plus ses parts que maman récupérera… Sans parler de l'épave…

Éric, complètement interloqué, l'interrompit :

— Comment ça de l'épave ? Qu'est-ce qu'elle a à voir avec tout ça ?

— Les Baresco sont impliqués dans le trafic d'objets qui ont été prélevés sur le site. Dès qu'il y a un bon coup, ils sont dedans.

Tout s'expliquait. L'immatriculation des bateaux appartenant à la famille. Je ne voulais pas laisser passer la remarque d'Anne.

— Pourquoi leur as-tu dit pour les parts ? Cela ne les regardait pas.

— Si. Évidemment.

Yohan regarda sa femme avec surprise.

— Tu leur as dit à eux, mais pas à moi ?

Avec un aplomb incroyable, elle lui répondit :

— Je ne voulais pas t'impliquer là-dedans.

— Non, mais tu plaisantes ! C'est moi qui gère la société, qui prend les risques, pas toi ! Et puis, je ne savais pas que tu les voyais régulièrement. Qu'est-ce que c'est que cette embrouille ! Tu savais que Pierre recevait des menaces et qu'il pensait que j'y étais pour quelque chose et tu ne m'en as rien dit ?

Je réalisai que Yohan s'était fait rouler dans la farine par sa femme. La fragile libraire était une manipulatrice rusée. Mais ce n'était peut-être pas le seul à s'être fait avoir.

— Tu as dit à Pierre que tu ne devais pas être stressée, car tu essayais d'avoir un enfant. C'est vrai ou pas ?

Yohan fit une drôle de tête comme s'il était dans une incompréhension totale.

— Comment ça tu essaies d'avoir un enfant ? Je suis stérile, nous le savons depuis toujours. Comment peux-tu faire un enfant ?

Voyant que la discussion allait partir en règlement de compte conjugal, je jugeai opportun d'interrompre l'échange pour poser une question.

— Et les menaces ?

La réponse de Anne fusa :

— Les menaces c'est moi.

51

Pierre pâlit. Apprendre que sa propre sœur avait quelque chose à voir avec les menaces qu'il avait reçues était une cruelle déception dont il se serait bien passé.

— Comment ça les menaces, c'est toi ?

— Oui, tout comme la lettre anonyme. Je voulais te faire peur, te décourager sans tout te dire. J'étais embêtée…

— Embêtée ?

— Oui, tu te mettais en danger de mort et tu ne t'en apercevais pas et pire que cela, tu emmenais tes deux amis avec toi. Il fallait faire quelque chose…

Je sentis la colère envahir Pierre.

— Embêtée ! Un homme a été tué par ta faute. On a failli manquer d'oxygène pendant une plongée ! J'ai reçu des menaces de mort ! Et tu es embêtée !

Son ton montait dangereusement. J'avais l'impression d'avoir une cocotte minute devant moi qui allait bientôt exploser. Il fallait ramener un peu de rationnel, ce que je tentai de faire.

— Anne, tu t'es retrouvée dans une position très inconfortable. Mais pourquoi te sens-tu redevable envers les Baresco ?

C'est à ce moment-là que Michèle, vêtue d'un ravissant ensemble pantalon bleu ciel et d'un sac assorti, choisit pour faire irruption dans la pièce. Elle fut poussée sans ménagement par Francesco. Que faisait-elle là ? Avait-elle seulement vu le message sur son portable avant de se jeter dans la gueule du loup ? J'eus un moment de déprime. Je me mis à prier pour que Rémi consulte son téléphone, sinon je ne donnais pas cher de notre avenir. Une fois la surprise passée, je répétai ma question. Nous aurions le temps de comprendre la situation de Michèle plus tard.

Entendant ma question et voyant que sa fille ne répondait pas, sa mère répondit à sa place.

— Parce que Tommaso est son amant. Je l'ai appris par son oncle.

Impossible de rester de marbre face à une telle annonce. Pierre et moi n'avons pas pu nous empêcher de réagir. Moi en ouvrant la bouche comme un poisson rouge dans un bocal et lui en articulant d'une voix rauque d'un air dégoûté :

— Quoi ?

La réaction de Yohan fut bien plus violente. Il regarda d'un air furieux sa belle-mère, comprit qu'elle ne plaisantait pas et se tourna vers sa femme.

— Comment ça, c'est ton amant ? C'est quoi cette histoire ? Elle se trompe. Dis-moi qu'elle se trompe. C'est avec lui que tu voulais faire un enfant ?

Il se dirigea vers elle. Allait-il la frapper ? Je me le demandai vraiment lorsque Michèle très en colère se mit entre eux deux en hurlant.

— Vous réglerez vos comptes plus tard. Ce n'est vraiment pas le moment.

Elle regarda sa fille.

— Qu'est-ce qui t'as pris de choisir les Baresco au détriment de ta famille ? Tu es folle ou quoi ?

J'essayai de raisonner Michèle.

— Michèle, nous devons nous sortir de là. Tu discuteras de tout ça avec ta fille plus tard. Comment as-tu fait pour entrer ici ?

— J'ai reçu ton message et je suis venue. Ils m'ont laissé rentrer sans difficulté dans les locaux et comme je vous cherchais, ils m'ont emmenée ici. Cela devait leur sembler une bonne idée. Nous étions tous dans la souricière comme ça.

Elle regarda Anne d'un air très dur.

— Mais avant de venir, j'ai prévenu la police. Ils vont arriver et il va falloir que tu t'expliques, Anne. Les Baresco t'ont abandonnée. Tu comprends ça ? Tu imaginais que par amour pour toi, Tommaso allait laisser sa famille, sa femme, ses enfants ? Mais tu rêves ! Je suis bien placée pour en parler.

Elle se mit à pleurer.

— Il est temps que la vérité soit dite. On n'est pas sûrs de sortir de cet endroit vivant.

Elle regarda Anne tristement.

— Tu n'es pas la fille de ton père.

Nous nous sommes tous figés. Je n'arrivai pas à croire qu'elle choisisse ce moment pour faire cette révélation. Elle poursuivit après s'être mouchée sans que personne ne cherche à l'interrompre.

— Tu es la fille d'Edoardo.

Il y aurait pu avoir la foudre qui se serait abattue sur le bâtiment, on aurait été tétanisés de la même manière. Elle s'adressa directement à Anne qui la regarda les yeux exorbités.

— J'ai continué à le fréquenter et au moment où je me suis mariée et quand j'ai épousé ton père, j'étais enceinte de lui. Alain n'a jamais su cela. Tu es juste née avant terme. Edoardo l'a su, mais n'a jamais voulu que cela se sache pour ne pas déshonorer sa famille et humilier sa femme avec qui il avait eu, entre autres, Francesco, qui est donc ton frère.

Elle s'arrêta, incapable d'en dire davantage. D'une voix étranglée, je poursuivis à sa place :

— Mais il ne le sait pas, n'est-ce pas ? Et, il s'apprête à tuer sa sœur...

J'étais épouvantée. Quelle horreur ! Quel drame !

Anne grimaça d'un air haineux.

— Qu'est-ce que tu avais besoin de raconter cela ? Qui t'autorise à parler de ma vie amoureuse, de mon père, comme ça, devant tout le monde, sans m'en avoir parlé avant, sans que je sois d'accord pour que tu le fasses.

Michèle avait l'air très fatiguée.

— Je veux que tout cela cesse. On va vendre la société.

— Ils ne te laisseront pas faire.

— Bien sûr que si. Ils vont être arrêtés. Je vais tout dire.

Yohan était épouvanté.

— Ils vont me tuer si tu fais cela et ils te tueront aussi. Tu es consciente que je vais finir en prison ? Je vais tout perdre et ta fille aussi.

— Je suis certaine que la sévérité de votre condamnation dépendra de votre degré de coopération.

Quelques instants passèrent sans un mot. Nous étions tous choqués et inquiets pour la suite. Je n'arrêtai pas de me demander comment nous pourrions nous sortir de là et pourquoi Rémi ne donnait pas signe de vie. Michèle me confirma ensuite qu'elle avait appelé le commissariat et demandé à parler à Rémi, mais qu'il ne travaillait pas ce week-end. Elle avait expliqué que nous étions en danger et qu'il fallait prévenir Rémi et envoyer des gendarmes nous sortir de là.

52

10e jour

Francesco et son frère étaient embêtés. La situation avait dégénéré.

Voyant que rien ne semblait faire peur à Pierre et que la police avait interrogé Tommaso pour le vol du bateau du club de plongée et que lui-même avait dû expliquer pourquoi son propre bateau se trouvait au-dessus d'un site archéologique pillé, il avait senti que la chance tournait. Il ne voulait pas qu'en plus le trafic de déchets s'arrête. Il était exaspéré de retrouver Pierre sur son chemin à chaque fois.

Il savait que Tommaso et Anne étaient amants et c'était grâce aux confidences qu'elle lui faisait qu'il avait été alerté sur ce qui se tramait à *Atoutdéchet*. Il avait demandé à son cousin d'organiser cette réunion afin de régler le problème.

Ils avaient prévu de proposer au frère d'Anne de racheter ses parts, et ce, même si Anne leur avait expliqué qu'il ne serait pas vendeur, et de lui faire très peur ensuite.

Ils n'avaient pas prévu de se retrouver face à autant de personnes. Au départ, cela ne devait être qu'une réunion d'affaires avec le frère d'Anne, et rien d'autre.

Francesco n'avait pas encore décidé ce qu'il comptait faire. Il regardait les deux caméras de surveillance de la pièce où étaient enfermés les prisonniers. Il les écoutait discuter. C'est là qu'il eut un choc. Lui aussi apprit qu'Anne était sa sœur. Il eut un moment d'hésitation. Est-ce que Michèle racontait n'importe quoi ? Il se rappelait que son père la fréquentait. Edoardo n'était pas un modèle de fidélité. Il se rappelait aussi qu'elle avait arrêté de le voir après la mort de son mari. Il le comprenait. Elle ne pouvait pas accepter son acte. Edoardo avait commandité sa mort. Après réflexion, il la crut, car il ne voyait pas pourquoi elle aurait menti.

Cela lui posait un sacré problème. Cela signifiait qu'elle faisait partie de la famille Baresco. Or il avait une règle d'or. On ne tue pas les membres de sa famille. Du coup, il ne savait plus comment procéder et Tommaso, qui était amoureux d'Anne, allait évidemment lui dire de ne tuer aucun membre apparenté de près ou de loin à la famille, car il était totalement opposé à ce qu'on élimine sa maîtresse. Il pouvait juste se débarrasser de Pierre et de ses deux amis. Mais que faire des autres ?

Il en était là dans ses réflexions quand il entendit une voiture se garer dans le parking de la société. Un coup d'œil leur permit d'identifier les deux gendarmes qu'ils avaient eu l'occasion de fréquenter à de multiples reprises.

Si ces deux-là étaient là, les autres n'allaient pas tarder à arriver. Ils ne feraient pas le poids à deux contre eux et ils ne voulaient pas mourir ou se retrouver en prison. Ils se regardèrent et se comprenant sans un mot, s'enfuirent en silence en passant par une porte à l'arrière du bâtiment.

53

Rémi avait bien reçu les messages que lui avaient envoyés Pierre et Michèle, puis le SOS d'Emma. Mais les choses n'étaient pas aussi simples qu'ils semblaient le penser. Son périmètre d'intervention ne comprenait pas Grasse. Or *Atoutdéchet* était dans cette ville. Dès la réception du message d'Emma, il avait donc prévenu la gendarmerie de Grasse pour qu'ils interviennent. Cela avait pris un peu de temps, même s'il connaissait du monde, car les unités des environs collaboraient souvent.

Il était à un peu moins de dix minutes de l'entreprise puisqu'il déjeunait à Opio, à côté de chez lui, au *Caffé César*, un restaurant bistronomique bien noté qui possédait une belle terrasse. Il y mangeait avec Ludovic Viale, un ami de longue date, célibataire et gendarme comme lui. Sans attendre si leurs collègues de Grasse prenaient au sérieux la situation de ses amis et se rendaient sur place, il était parti avec Ludovic voir ce qui se passait.

Rémi et Ludovic s'étaient retrouvés avant la cavalerie. Rémi avait eu confirmation qu'ils ne seraient pas seuls longtemps puisque ses collègues arriveraient dans quelques minutes. Dès leur arrivée, ils avaient repéré les voitures de Michèle et Pierre dans le parking. Ils s'étaient alors rués sur la porte d'entrée qui était close. Ils sonnèrent, mais personne ne répondit. Ils entendirent du bruit d'une porte qui grinçait à l'arrière des locaux. Ils les contournèrent en courant. Personne à l'horizon. Ils se dépêchèrent de rentrer. Le bâtiment semblait inoccupé. Ils déverrouillèrent la porte d'entrée pour faciliter l'arrivée des renforts, puis commencèrent à fouiller en profondeur les lieux.

Face à la porte en fer du sous-sol, ils s'acharnèrent dessus quelques instants sans succès avant de coller leurs oreilles dessus afin d'essayer d'entendre si des personnes étaient à l'intérieur. Il leur sembla que c'était le cas. Ils entendirent de faibles bruits puis des cris.

54

Tout à coup, Éric fit signe à tout le monde de se taire. Il posa sa main sur la porte blindée. Il eut l'impression qu'elle vibrait. Il colla son oreille dessus et crut entendre des voix. Il cria :

— On est sauvés ! On est sauvés ! Y'a du monde derrière !

— Comment peux-tu être certain que ce ne sont pas les Baresco qui reviennent ?

— J'entends suffisamment pour savoir que ce ne sont pas leurs voix même si je ne comprends pas ce qu'ils disent.

Je sentis les larmes me monter aux yeux. Je ne donnais pas cher de notre peau, il y a encore quelques minutes. Que les Baresco se soient enfuis ou aient été arrêtés ? Se pourrait-il qu'il ait raison ? Mais comment allaient-ils bien pouvoir ouvrir la porte ? Nous n'avions plus de téléphone pour communiquer avec eux et si nous nous entendions, ce n'était pas suffisant pour communiquer. Tout à coup, un papier apparut sous la porte avec écrit dessus : *où est la clé ?*

Michèle fouilla dans son sac pour y prendre un stylo et Yohan indiqua que le double se trouvait dans un des tiroirs de son bureau. Quelques minutes plus tard, nous étions tous libérés. Les gendarmes de Grasse arrivèrent à ce moment-là et ayant vu que nous étions tous sains et saufs, partirent s'occuper de localiser nos deux agresseurs. Immédiatement, Pierre, qui n'avait plus aucun état d'âme concernant sa sœur et son mari, expliqua aux gendarmes que Yohan et Anne devaient être interrogés.

Nous partîmes après avoir fait notre déposition. Seuls Yohan et Anne restèrent avec les gendarmes. Ils n'arrêtaient pas de se hurler dessus. Yohan réalisa à quel point elle l'avait utilisé et lui avait menti, en plus de le tromper. A priori, il n'aimait pas être le dindon de la farce et extériorisait parfaitement son mécontentement.

Michèle nous accompagna à Roquefort. Rémi avait encore quelques affaires à régler et avait un rendez-vous le soir. Il vit mes yeux pétiller et comprit que je me demandais si ce rendez-vous était avec une femme ou pas. Bien sûr, il me laissa avec un plaisir manifeste dans l'expectative. Nous nous reverrions le lendemain et il viendrait avec les dernières nouvelles en sa possession.

55

Sur le chemin du retour, des pizzas furent récupérées au *Pepperoni*, un restaurant italien très sympa de la ville.

Tout le long du trajet, personne ne parla tant nous étions choqués par ce que nous venions de vivre. Les mots ne venaient pas. Même la mère de Pierre qui nous accompagnait et qui n'avait pas la langue dans sa poche était muette.

Rémi reviendrait dès le lendemain avec, nous l'espérions, les réponses à nos questions. Nous avions donc choisi tacitement d'attendre qu'il soit là pour reparler de tout cela, le temps de nous remettre de nos émotions.

Câline nous attendait, impatiente. Nous avions dû oublier de lui donner à manger, car ses gamelles étaient vides. La toucher me fit du bien et je m'apaisai en la caressant.

Je pris avec Michèle un verre de vin blanc et les garçons nous accompagnèrent avec un verre de pastis dans la piscine en écoutant de la musique. Une séance d'aquagym improvisée fut organisée pour évacuer nos tensions pendant que Michèle se proposait de mettre la table et réchauffait les pizzas. Cette séance de sport fut une franche rigolade et nous fit le plus grand bien.

Durant le repas, la mère de Pierre me demanda de lui expliquer en quoi consistait mon métier d'archéologue et Éric dut faire de même avec son entreprise de cybersécurité.

Au dessert, Pierre posa quand même des questions à sa mère au sujet de ses révélations. J'étais médusée. Comment avait-il pu attendre aussi longtemps avant de le faire ?

— C'est quand même insensé ce que tu nous as appris ! Il n'y aurait pas eu ces évènements, tu ne nous aurais jamais rien dit ?

— Ce n'était pas des révélations faciles à faire. Tant qu'Alain était vivant, je ne pouvais rien dire, car il était persuadé d'être le père de ta sœur et je ne souhaitais surtout pas qu'il apprenne que ce n'était pas le cas. Après, mes aventures et celles de ma fille ne regardent que nous. J'en ai parlé parce que j'ai estimé que c'était nécessaire, mais sinon je n'aurais rien dit.

Michèle demanda ensuite une part de pizza et nous signifia que la conversation était close.

Puis elle nous quitta rapidement pour rentrer chez elle malgré nos protestations. Elle avait besoin d'être seule.

Ce n'était pas la seule à avoir besoin de calme. Après une sieste réparatrice, je rangeai mes affaires de future romancière éparpillées dans la chambre, car nous partions le surlendemain.

J'étais loin d'avoir un projet d'écriture abouti, mais désormais, je me projetais à écrire mon premier livre et c'était une étape importante pour moi. J'étais passée du stade d'une envie à quelque chose qui devenait concret. J'étais très satisfaite de cela et bien décidée à mener mes recherches et à avancer sur mon manuscrit.

Je commençai ensuite à préparer le reste de mes bagages, puis je pris un livre et allai sur la terrasse pour le découvrir.

Éric et Pierre étaient en conciliabule. Parlaient-ils de l'affaire ? De Pierre ? Ou d'autres choses ? Pour une fois, je laissai ma curiosité en veille et ne cherchais pas à le savoir, profitant du calme dans le jardin.

56

11e jour

Nous avions passé la journée à nous reposer, toujours bien secoués par notre aventure de la veille. J'avais joué pour la première fois à la pétanque comme je m'étais promis de le faire au moins une fois pendant mon séjour.

Comme il nous l'avait promis, Rémi vint dîner avec nous pour tout nous raconter.

— On a maintenant les idées plus claires sur ce qui s'est passé. J'imagine que cela vous intéresse, n'est-ce pas ?

Je lui fis de gros yeux. J'avais envie de lui dire : non, pas du tout. On ne veut rien savoir. Y'a des fois ! Au lieu de ça, je le regardai en souriant et lui dis d'une voix enjouée :

— Oui, bien sûr.

Un peu pince-sans-rire, je demandai :

— Ils ont été torturés pour qu'ils avouent ?

Rémi ne put s'empêcher de rire.

— Non, on n'a pas eu besoin d'en arriver là. Déjà, il a fallu les attraper. On les a localisés à Menton. Ils se dirigeaient vers la frontière italienne avec une voiture qu'ils avaient volée à 500 mètres d'*Atoutdéchet*. Leur cavale était improvisée. Si cela n'avait pas été le cas, nous aurions eu du mal à les retrouver. On les a enfermés séparément. On a rapidement compris que Tommaso était le maillon faible et qu'il n'avait pas envie de finir ses jours en prison pour meurtre. Il nous a fait des aveux complets au bout de vingt heures de garde à vue.

Rémi but un verre d'eau.

— Bon les amis, je veux bien tout vous raconter, mais il faut qu'on mange aussi !

En rigolant, je demandai à Pierre d'aller chercher les côtelettes de porc au barbecue pendant que j'amenais du taboulé et de la salade de tomates. Éric ouvrit une bouteille de rosé.

Une fois servi, Rémi continua :

— Vous aviez raison. C'est bien Francesco qui a assassiné le réalisateur en le prenant pour Pierre. D'après Tommaso, son rôle consistait à l'attendre en voiture devant le portail. Francesco a escaladé le portail et est arrivé sans bruit derrière Cédric Romand alors qu'il était sur la terrasse dans la pénombre — sans doute pour ne pas attirer les moustiques — et il l'a tué. Francesco était champion de karaté lorsqu'il était jeune et les arts martiaux lui ont toujours plu. Il en a pratiqué plusieurs. Il est complètement capable de tuer un homme à mains nues, ce qui a dû être le cas pour lui briser la nuque. Les deux premiers coups ont été donnés avec une arme contondante et Tommaso déclare qu'il avait avec lui une barre de fer dont ils se sont débarrassés dans une benne à ordures à quelques kilomètres de la maison. Francesco est reparti comme il était venu par le portail. Vu l'heure tardive et le fait qu'on était dans une impasse, ils n'ont croisé personne.

Je précisai alors :

— Je ne sais pas si cela peut vous aider, mais j'ai remarqué que Francesco était gaucher, comme celui qui a donné les coups à Cédric Romand. Ce n'est pas le cas de son cousin.

— Oui. En effet, cela vient conforter les déclarations de Tommaso.

Il y avait quelque chose que je ne comprenais pas.

— Pourquoi en sont-ils arrivés là ?

— Parce que Pierre les mettait en danger que ce soit pour le trafic des déchets ou le pillage de l'épave et n'écoutait aucune des mises en garde qui lui avaient été faites. Il y avait beaucoup d'argent en jeu. Cela devenait ingérable. Quand ils ont vu qu'ils s'étaient trompés de cible, ils ont décidé de ne pas récidiver, cela devenait trop risqué. Ils ont plutôt voulu leur faire peur. D'où le vol du bateau. Et c'est là que l'interrogatoire de Yohan et Anne nous a appris pas mal de choses.

En effet, sur les instructions de Rémi, Anne et Yohan avaient été immédiatement mis en garde à vue.

— Qui les a mis au courant finalement Yohan ou Anne ?
Rémi se tourna vers Pierre pour répondre.

— Yohan leur a juste expliqué que les actionnaires avaient trouvé les résultats très bas et posaient pas mal de questions, il n'a pas expliqué que tu devais vendre tes parts et n'a pas évoqué l'enquêteur. Anne s'est sentie en danger, car tu remettais en cause son niveau de vie et sa librairie. Elle ne trouvait pas cela acceptable. Elle avait instrumentalisé son mari pour qu'il continue de travailler avec les Baresco à la mort de ton père et avait toujours eu des relations avec Edoardo grâce à Michèle sans savoir qu'elle était sa fille. C'est d'ailleurs lui qui lui a loué au départ le local pour la librairie. C'est également lui qui a acheté le terrain dans lequel ils se débarrassaient des déchets illégalement en créant une société-écran. Anne estimait qu'on la prenait depuis toujours pour une imbécile alors que tout te réussissait. Elle trouvait cela profondément injuste. Elle a donc décidé de s'offrir son magasin et mis en place ce qu'il fallait pour que cela marche en manipulant Yohan. Tommaso est vraiment son amant, mais elle n'a jamais — comme sa mère avec Edoardo — imaginé quitter Yohan pour lui. Elle avait bien compris que lui — comme son père — ne partirait jamais loin de sa femme. Avec Tommaso et Francesco, qui, eux, croyaient en elle, elle a participé à la professionnalisation du système de retraitement des déchets sans que son mari se doute de quoi que ce soit. Ils sont devenus des partenaires en affaire.

L'esprit logique d'Éric parla :

— Tu peux nous résumer la manière dont tout ça s'est passé ?

— Oui, mais pas avant qu'on m'ait versé un verre de quelque chose.

57

Pour fêter la fin de ses ennuis, Pierre avait sorti le grand jeu : champagne pour l'apéritif. Il l'avait fait avec d'autant plus de plaisir que c'était notre dernier dîner en sa compagnie. Nous serions en Italie dès le lendemain matin. Nos verres furent levés à ces retrouvailles dans le Sud et à notre rapide retour dans cette région idyllique. Puis Rémi reprit la parole.

— Yohan et Anne ont prévenu séparément les Baresco qui ont très bien compris que les actionnaires, et en particulier Pierre, n'étaient pas contents des résultats de la société, de la manière dont elle était gérée et d'autant plus qu'ils avaient compris, grâce à un enquêteur, qu'un trafic de déchets importants s'était mis en place et professionnalisé. Ils ont également repéré un bateau du club de plongée sur le site de l'épave et, là aussi, le nom de Pierre est apparu. Pierre leur faisait donc courir des risques sur deux trafics illégaux. Cela faisait beaucoup. Anne n'a su que tardivement pour l'épave. Mais c'est elle qui a écrit des messages de menaces pour leur montrer qu'elle prenait les choses au sérieux. Les Baresco ont de leur côté crevé les pneus de la voiture de Pierre. Mais Pierre est encore passé outre. Du coup, Francesco a décidé seul d'éliminer Pierre chez lui. Anne ne le sachant pas, elle ne lui avait pas parlé du tournage de film et, si elle avait appris grâce aux confidences de Sylvie, que son frère vivait chez elle pour la semaine, elle ne l'avait pas dit à Tommaso, car elle n'en voyait pas l'utilité.

Éric posa la question qui s'imposait :

— Et c'est là que cela a dérapé ?

— Oui. Dans le noir, persuadé qu'il arrivait derrière Pierre qui était tout seul et ne le connaissant pas, il a attaqué Cédric Romand par erreur et, n'a pas raté son coup.

Plus prosaïquement, je demandai alors :

— Que vont devenir les Baresco ?

— Nous avons les aveux de Tommaso et il sera facile de le confronter à Francesco. Ils vont finir tous les deux en prison. Mais Tommaso aura une peine plus courte que Francesco, car il est complice, mais il n'a pas tué le réalisateur.

Pierre voulut comprendre.

— Tout à l'heure, tu nous as dit qu'ils n'avaient pas tenté de me tuer une seconde fois, car cela serait plus dangereux. Pourquoi ?

— Parce que le premier crime a eu lieu dans le jardin de Pierre. S'il était ensuite tué, cela ferait beaucoup, non ? Or, ils ne voulaient pas attirer l'attention. Néanmoins, il fallait que Pierre cesse ses investigations. Lorsqu'il est revenu sur le site de fouilles à plusieurs reprises, ils ont su tout de suite qu'il allait voir ce qu'ils fabriquaient et allait prévenir la DRASSM. Ils ont donc monté l'opération *vol de bateau* sans que le fait que vous soyez en plongée les ait dérangés un instant.

Je l'interrompis, excédée.

— Pourtant Tommaso est plongeur, non ? Ils savaient qu'on avait une bouteille à six mètres ?

— Oui. Ils le savaient. Si vous aviez pu avoir un accident de décompression, cela les aurait bien arrangés.

En entendant ces paroles, j'eus froid dans le dos. Même si je me doutais que s'attaquer aux amis de Pierre n'allait pas les gêner, se l'entendre dire est autre chose. Rémi estima avoir dit l'essentiel.

— D'autres questions ?

Les garçons ne réagirent pas tout de suite. Je repris la balle au bond. Des questions, j'en avais et plein.

— Oui, que vont devenir Anne et Yohan ?

— Anne est le cerveau de l'affaire. Elle a été un rouage essentiel et elle a manipulé son mari et les Baresco dans l'unique but de sauvegarder sa petite vie cossue et sa librairie. Il faut savoir qu'elle ne disait rien à son mari de ce qui se tramait.

Je compris enfin quelque chose.

— C'est pour cela qu'il avait toujours des airs ahuris quand on parlait. Elle ne lui avait pas dit qu'Éric voulait vendre, qu'il devait tout arrêter.

— Oui, elle aussi, va être jugée. Elle est complice. Yohan est l'exécutant, celui qui faisait en sorte que le trafic fonctionne. Ce sont les Baresco qui ont mis en œuvre la filière de faux papiers, d'exportation des déchets en Espagne. C'est Yohan qui utilisait le terrain dans l'arrière-pays pour en évacuer une partie. Il va être jugé et condamné pour cela.

Pierre s'inquiéta alors :
— Que va devenir la société ?
— La société va fermer, à la suite de quoi ta mère et toi allez perdre l'argent que vous avez investi dans l'entreprise, mais vous ne serez pas condamnés à titre personnel, car vous n'avez rien à voir avec toutes ces malversations.

Pierre fit la moue, mais je sentis que c'était plus pour sa mère qui avait créé *Atoutdéchet* avec son mari que pour lui. Il ne l'avait jamais aimée cette société irrespectueuse de l'environnement, des valeurs qui étaient si importantes pour lui. Mais Pierre n'en avait pas fini avec ses démons.

— Sais-tu comment et pourquoi mon père a été tué ?
— Oui. C'est Edoardo qui a tout orchestré. Il était présent à la soirée du BTP, ce qui était normal vu son rôle dans la construction dans la région depuis des années. Je ne sais pas qui a été l'homme de main qui a trafiqué la voiture et on ne le saura jamais. C'est peut-être lui qui a empoisonné le verre de ton père, je ne sais pas. Je ne sais pas non plus pourquoi il avait de l'alcool dans le sang alors qu'il ne buvait jamais. L'enquêteur complaisant de l'époque est décédé. Malheureusement, ce crime restera impuni, car Edoardo est mort.

— Tu es sûr qu'ils ne t'ont pas dit cela pour ne pas porter le chapeau ?

— Oui. Ils ont des alibis en béton pour ce soir-là. Je pense qu'ils savaient qu'il allait se passer quelque chose et Edoardo a dû leur demander d'avoir un emploi du temps vérifiable pour la soirée.

Je voulus finir par une touche plus légère.

— J'ai une dernière question qui n'intéresse que moi. Tu dois te douter du sujet, non ?

— Les fouilles, non ?

Je fus impressionnée par l'esprit de déduction de Rémi.

— Oui. En effet.

— Devant les quelques pièces que vous avez remontées et le stock d'objets pillés retrouvés dans un des hangars de la société de Francesco, le site va être protégé pour être fouillé plus tard.

— Oh ! Quelle bonne nouvelle !

Nous avions ensuite attaqué notre repas avec une bonne bouteille de vin, laissant de côté les sujets désagréables pour parler de la douceur de vivre dans l'arrière-pays, des randonnées que nous n'avions pas faites, mais que nous ferions une autre fois, de la maison de Pierre, de l'amitié et nous avions fini par refaire le monde autour d'un limoncello.

58

12e jour

Je me réveillai après une nuit quasi blanche. Le peu de temps où j'avais dormi, j'avais fait des cauchemars horribles où je rejouais la scène qui s'était déroulée dans les locaux d'*Atoutdéchet*. Je pus constater que je n'étais pas la seule à avoir passé une mauvaise nuit et à accuser le contrecoup de nos aventures de la veille. Partir s'avérait une bonne idée pour nous changer les idées.

Éric chargea nos valises dans la voiture de location et nous partîmes rejoindre sa famille italienne, à côté de Sienne, pour quelques jours avant de remonter avec Noémie. Pierre resterait dans la maison de Roquefort-les-Pins en attendant le retour d'Angelo et Gabriella. Rémi lui avait dit qu'il récupérerait sa maison d'ici un ou deux jours. L'équipe de décoration avait eu l'autorisation de la remettre en état, ce qui prendrait quelques jours. Le tournage était reporté à un moment ultérieur et il y avait peu de chances qu'il se déroule au même endroit.

Nos vacances avaient été bien plus agitées que prévu. Je n'avais pas pu avancer autant que je le souhaitais sur mon livre et je savais pertinemment qu'écrire lorsque je travaillerai sur mon chantier serait compliqué. C'était un peu frustrant, mais ces idées que j'avais pris le soin de noter n'étaient pas perdues, loin de là. J'allais les laisser mûrir tranquillement.

Je venais également de recevoir la confirmation que mon chantier allait reprendre dès la semaine suivant notre retour.

Éric allait pouvoir se remettre au travail. Cette coupure avait été incroyable pour lui et l'avait obligé à se déconnecter de sa société plusieurs jours de suite. Il s'était rendu compte, à sa grande surprise, que *Cybermaker* pouvait fonctionner sans lui. Du coup, il avait fait des points et contrôlé ses mails beaucoup moins souvent que prévu et cela lui avait fait un bien fou. Il était beaucoup plus détendu et prêt à s'organiser pour envisager de vraies coupures. Il avait également décidé de reprendre la course à pied de manière plus intense et plus régulière dès son retour.

Pierre allait revoir Sylvie. Difficile de prévoir la suite de leur histoire. Allait-elle avoir la patience de l'attendre encore un peu ? Allait-il dépasser sa peur de se faire avoir par une personne en qui il allait devoir faire complètement confiance ?

Rémi restait toujours aussi mystérieux et, comme il avait deviné que j'étais une fouineuse, il adorait ne rien raconter sur sa vie. J'espérai que lui aussi rencontrerait quelqu'un qui le rendrait heureux dans sa maison avec une magnifique vue sur la mer.

J'étais triste de quitter mes nouveaux amis, mais je savais que nous allions revenir très vite.

En effet, au moment de partir, Éric s'approcha de son ami et lui demanda affectueusement :

— Pierre, tu pourras avoir un œil sur tes voisins afin de savoir si l'un d'eux ne vendrait pas sa propriété au Bois-Fleuri ?

Il nous regarda sans l'air de trop y croire.

— Vous voulez acheter ?

Nous hochâmes tous les deux la tête en souriant.

— Une maison de vacances ?

— Dans un premier temps. Il va falloir que je voie comment m'organiser pour pouvoir travailler à distance, une partie du temps.

— Nous pourrions être voisins, alors ?

J'éclatai de rire.

— Oui, si tu nous trouves une maison et si tu acceptes une voisine bien curieuse…

Remerciements

Un grand remerciement aux différentes équipes de tournage que j'ai rencontrées et qui m'ont aidée volontairement ou pas… à écrire ce livre. Merci en tout cas de m'avoir écoutée et d'avoir répondu à mes questions parfois saugrenues.
Un clin d'œil particulier à Thomas B. grâce à qui j'ai pu écrire le prologue.

Beaucoup d'autres remerciements à mes soutiens et experts. C'est grâce à eux que ce livre a pu être écrit.
À mes courageux premiers lecteurs de toujours : Gérald, Martine et Christelle,
À ma douce correctrice favorite : Laeti,
À mon expert des enquêtes criminelles : Philippe,
À ma créatrice de la couverture du livre et de cette série : July.

Un clin d'œil spécial à Nicolas F. qui comprendra pourquoi.

J'ai eu à cœur dans ce livre de traiter d'un thème écologique : les déchets. Si ce livre peut permettre à quelques personnes de prendre conscience de l'importance de ce sujet et d'agir, j'en serais ravie.

#

De la même auteure

Roman à suspense

Secrets de Famille
Répétition
Apparences Trompeuses
Série Une enquête d'Emma Latour (BoD)
    Meurtre à Dancé
    Une Rue si Tranquille
    Intrigues sur la Côte d'Azur

Nouvelles Historiques (Éditions de Borée)

Les grandes Affaires Criminelles des Yvelines
Les grandes Affaires Criminelles de l'Essonne (en collaboration avec Sylvain Larue)

Albums pour enfants (BoD)

Petite Lapinette est à l'heure à l'école
Petite Lapinette part en vacances

Pour contacter l'auteure

Site Internet : www.nathaliemichau.com
Instagram : www.instagram.com/michaunathalie/
Facebook : www.facebook.com/nathaliemichau78/
Email : nathalie@nathaliemichau.com
Blog : https://hautsetbasduneromanciere.home.blog/

VOUS AVEZ AIME CE LIVRE, RETROUVEZ
EMMA LATOUR AVEC MEURTRE A DANCE

UNE ENQUÊTE D'EMMA LATOUR

Meurtre à Dancé

Nathalie Michau

ET UNE RUE SI TRANQUILLE

UNE ENQUÊTE D'EMMA LATOUR

Une Rue si Tranquille

Nathalie Michau